陆勤方 著

祥符荡的秋

杭州出版社

图书在版编目（CIP）数据

祥符荡的秋 / 陆勤方著. -- 杭州：杭州出版社，
2024. 12. -- ISBN 978-7-5565-2060-2

Ⅰ. I267

中国国家版本馆CIP数据核字第20249XY023号

XIANGFU DANG DE QIU

祥符荡的秋

陆勤方 著

责任编辑	刘　潇	
责任印务	王立超	
装帧设计	长　岛	
出版发行	杭州出版社(杭州西湖文化广场32号6楼)	
	电话：0571-87997719　邮编：310014	
印　　刷	苏州市越洋印刷有限公司	
经　　销	新华书店	
开　　本	880毫米×1230毫米　1/32	
印　　张	6.875	
插　　页	2	
字　　数	152千	
版 印 次	2024年12月第1版　2024年12月第1次印刷	
书　　号	ISBN 978-7-5565-2060-2	
定　　价	48.00元	

目 录
Contents

从竹庄到竹所

——走出的这一众吴姓先生

一

在花园弄，或者在梅花庵，吴镇肯定是最让人们谈论说道的人物。

自号"梅花道人"的大画家吴镇，却很少画梅花。在我们能够看得到的存世遗墨当中，最多见的倒是竹子。

宋末元初的"大船吴"一族，依现藏平湖博物馆《义门吴氏谱》所载，早在北宋时期，他们之中的人就在京城汴梁为官，而且是门庭显赫的皇亲国戚。"大船吴"自吴镇祖父吴泽始，在海盐澉浦从事航海船运，并以海运贸易而致"家巨富"。吴泽，自号雪樵居士，应该是在宋亡之前迁居到嘉兴思贤乡的。吴泽共生七子，除长子吴禾随父航海外，其余六子均不事海运。

吴禾有二子，即吴镇与其兄吴瑱。在清光绪《嘉善县志》有关吴镇的传文中，有这样一句点到了这位兄长："兄原璋，尝从毗陵柳天骥讲天人性命之学。"原璋，是其字。在清光绪《嘉兴府志》

的吴镇传文里，后面还有这样几句："以易数推人休咎，多警世，有严君平之风。"严君平即严遵，是西汉时期的道家学者，知天文，认星象，善占卜，通玄学，博学多才，无所不晓，一生淡泊名利，在成都卖卜时，"裁日阅数人，得百钱足自养，则闭肆下帘而授《老子》"（《汉书》卷七十二），为后世景仰。

其实，吴镇也如其兄长一样，同样受教于柳天骥，遁世隐居，并效仿严君平占卦卖卜。这段经历，从《义门吴氏谱》中吴瑱的传略中可见："瑱字原璋，一字伯圭，以世沐国恩，义不仕元，征聘不赴。治别业于魏塘，今名竹庄。又治别业于当湖北之云津，植修竹，亦名竹庄，今遗址在庄桥右，自号竹庄老人。闻毗陵柳天骥讲天人性命之学，与弟仲圭往师之，得孔明、康节之秘，精易理奇门之数，尝卖卜于崇德，日止一课，得钱米酒肉与人。吕翁授丹金四十万，散宗戚乡里之贫者。迹遍四海，言多验，天下驰名玄都吴先生。"

吴瑱是迁居当湖（平湖）的吴氏始祖，传略的行文措辞之中，肯定有溢美之意。而且，竟然还有神化之笔，如吴镇自题墓碑那样，能预示死期。不过从传略之中，可有两得：一是"大船吴"长子吴瑱家境富足，在魏塘、平湖建有两处名为竹庄的别墅，自号"竹庄老人"。二是吴氏兄弟一起师从柳氏，并效君平之风卖卜，非以此谋生。

二

自古以来，梅兰竹菊是被历代文人雅士冠以"君子"之名的。吴氏兄弟一个种竹，一个植梅，倒也是相映成趣的美事。

清光绪《嘉善县志》吴镇的传文中是这样写的："既而厌之，潜迹委巷，绕屋植梅，因自号梅花道人"。说是吴镇在厌烦了占卦卖卜后，找了个偏僻曲折的小巷深处，弄了个住宅，还在周围都种上了梅树。

　　陈华宗先生1990年在吴镇710周年诞辰纪念论文中，关于吴镇的故居有一段论述，认为自兄长吴瑱迁居当湖后，留在魏塘的竹庄便成了吴镇的居所，只是没有沿用"竹庄"之名，改称曰"梅花庵"。于是，便留下了一段历史公案，以至于到了明代，在孙茂芝《梅花墓考》中写下了这样的一个说法："世言吴仲圭尝卖卜魏塘，墓侧旧亦有梅花庵与池，则固生而居之，殁而葬焉者也。"

　　吴镇的居所梅花庵，和孙茂芝笔下的梅花庵，好像并非同一处。查光绪《嘉善县志》所记县衙公署位置的文字，相当明确交代的是"前临华亭塘，后枕魏塘河"，而且，还依照相应的史料作注："《于志》：元吴氏废址。""《袁府志》：元万户陈景纯花圃。"

　　需要更正与说明的，一是元万户陈景纯的陈氏花圃，在元末明初陶宗仪《辍耕录》中列名于"浙西园苑"，云："当爱山全盛时，春二三月间，游人如织。后其卒，未及数月，花木一空。废弛之速，未有若此者。"爱山，是陈景纯的字，其家境"素饶"，家资丰厚，生前建有东、西两个花园，现如今就空留了一个地名。二是吴氏竹庄在"浙西园苑"中也是有一席之地的。如果说吴镇的梅花庵是改竹庄而名的，那么今天在吴镇墓侧的梅花庵，就不会是吴镇"生而居之，殁而葬焉"之所。清光绪《嘉善县志》"寺观"有记载，现如今在花园路的梅花庵，是明万历年间生员袁士鳌等为守墓而建的墓庐。因此，墓前竖立的是当时的县令谢应祥题写的墓碑："此画隐吴仲圭高士之墓"。

三

在兄长吴瑱遗留的竹庄即自己命名的"梅花庵"里，吴镇用自己的方式，为后世栽种了一片竹林，并且，成就了中国绘画史上一片永恒的清凉与景致。

和兄长不同，吴镇栽种的是他心中的墨竹，简洁干练又不拘一格，率性随意又真诚坦白。

有一首诗，吴镇在1348年的《竹谱图册》、1350年的《野竹居图卷》和无年款的《野竹怪石图》上先后题写了三次：

> 野竹野竹绝可爱，枝叶扶疏有真态。
> 生平素守远荆榛，走壁悬崖穿石鳞。
> 虚心抱节山之阿，清风白月聊婆娑。
> 寒梢千尺将如何，渭川淇澳风烟多。

除了表达一份对竹子虚心抱节而又枝叶扶疏的喜爱之情以外，更多流露的应该是隐逸避世、孤高旷简的真性情。

"诗书画三绝"的梅花道人又往往会以"戏墨"题跋，让我们看到的是其已臻道法自然、心手两忘的状态，呈现的是以意绘形、我心自知的境界。

吴镇在改名"梅花庵"的竹庄里栽种心竹时候，有一个自号为"竹庄人"的乡里贤达，也构竹庄而居之，而且还"善画梅"。清光绪《嘉善县志》将其与吴镇一样，列传为隐逸人物。他叫吴瓘，字莹之。在其传略中说吴镇曾题写过这样一段文字：

> 吾乡达竹庄人，得逃禅鼎中一脔，咀之嚼之，深有所得。写竹外一枝，索拙作继和。予不能追古人万一，自笑东邻之效颦，丑矣！

字里行间，能读得到的是吴镇对其所画之竹的无限赞赏。

依《义门吴氏谱》，吴瓘应该是吴镇的侄儿，是三叔吴森的孙子，不仅和他关系最亲密，而且还是深得他首肯的隐士和画家。所以，他用上了"乡达"两字来形容。

四

吴泽的三子吴森，有孝义，好施予，又能周人之急，故而，其门被表为"义士"。吴森卒后，当时的翰林学士吴兴人赵孟頫为其撰写了墓志铭。吴森长子为吴汉英，是唯一"随祖航海"的"大船吴"子孙，吴瓘便是吴汉英之子。

吴瓘有兄弟五人，其三弟吴宣之子，便是明洪武初年被朱元璋召擢为御医的吴弘，又叫吴弘道、吴宏道。

吴弘道的医术，也是从其父吴宣处继承而来的。

对吴宣的医道，在吴弘道的传略中是这样交代的："父宣，遇异人授子午流注针灸法，传弘道，名显当时。"

子午流注疗法，是针灸于辨证循经外，按时取穴的一种操作规程方法，是道法自然、按时取穴且流传久远的一种高级针灸疗法。吴宣的得道源自异人相授,而弘道之医术则得于家传,并呈弘扬之势而显名当时。

"竹所",便是吴弘道精湛医术的象征。被征召为御医以后,竹所应该随之而成了废园。到宣德年间嘉善建县,就将竹所之所在,改建成了县衙。一直到1937年11月,日寇进犯,历经数百年的县衙被炸成了废墟。

五

从竹庄到竹所,自元而明,历百多十年,经五至六代,吴氏一族的众多先生,在千年古城魏塘花园弄这一隅之地,或艺或医,或书灵魂之境,或写强健之体,遗留下了千秋称颂的传奇故事,铸塑了嘉善历史长河中最耀眼的那一组身影。

2021年6月15日

走出红菱

——明末"一门三进士"的魏氏家族

春夏更替时节，江南的雨是随着和暖的风一起来的，吹一会，再歇一会，很快又会在你踮着脚小心跨越积水的那一刻，飘扬了过来。偶尔，一阵子还会是挺猛烈的。

和冯贤良、李勇去到红菱村的那天午后，就是在紧一阵松一阵的暖风轻雨中，沿着网埭浜岸边的沥青路绕走了一圈。

通过美丽乡村建设和村庄整治工作，红菱村已经成为全域旅游的网红打卡地。之所以要在这么个风风雨雨的日子里去红菱村绕圈，而且还"忽悠"了先前为红菱村整治改造提供规划设计的一帮年轻男女跟着，主要是想去寻找明代中后期从这里走出去的东林党人魏大中，以及他的家族在红菱那阡陌圩岸、田间地头遗留下的痕迹与气息。

2018年，李勇历时十余年披肝沥胆完成的皇皇巨著《魏大中评传》出版，让红菱村和魏氏家族的联系重新展现在了世人面前。"忠孝红菱"，成了一份历史文化遗产，成了一种传统人文精神。而对明清江南历史文化研究情有独钟又颇有建树的复旦大学历史教授冯贤良，就是红菱村人，也是从红菱走出的人物，只是比魏大中他们晚了四百多年。

嘉善的科举"蒸蒸日进"是在垒砖筑城之后

明嘉靖年间，东南沿海地区的倭患日重。嘉善也和其他县一样，垒砖筑城，于嘉靖三十三年（1554）冬十月兴工，至第二年三月竣事，共计用银三万五千八百五十六两九钱，修筑了周长一千四百八十八丈，高二丈三尺五寸，厚二丈二尺的城墙。在嘉善建县一百二十五年以后，嘉善县城筑成。虽然举巨资、劳民役而修筑的城墙，并没有能真正实现抗御倭患的目的，但城乡空间的区隔，让城市发展有了空前的繁荣。其中，最值得一提的是嘉善科举迎来了"推倒一时"的时代。志云："初，魏塘士人皆尚书画诗词。筑城后，独举业蒸蒸日进。"

由元入明，嘉善文化在吴镇、盛懋，以及朱碧山、张成和杨茂等众名家巨匠手里，创造了后人难以企及的高峰。但文化的繁荣并未与举业的兴盛同步。明正统七年（1442），嘉善置县十二年后，才有项忠、干璠两人中式登第成为进士。干璠是霸州籍，寓居在清风泾，历官陕西左布政使。所以，项忠是嘉善建县以后本地的第一位进士，累官至刑部尚书，寻改兵部尚书，赠太子太保，谥"襄毅"。从正统七年的项忠，到万历四十四年（1616）的钱士升殿试第一，成为建邑以来首位状元，其间一百七十多年，嘉善进士中式者有59名，平均每科超过一名。倘以嘉善议请筑城的嘉靖三十二年（1553）为起点，则明中后期科举成绩更为可观，平均每科接近两名。

科举也是艰辛曲折的家族成长史的缩影，嘉善的名门望族大多诞生于这个摇篮。早期这些家族，往往通过个人聪明才智和"父祖的节衣缩食，寡母的自我牺牲，贤妻的含辛茹苦"，才能从科举中艰难地脱颖而出。一旦子弟登第进士，便会促使整个家族更加重视教育的投入，为后代的进学夯下扎实的基础。众多科举登第成为进士的人物，有不少是一门几代累世，渐次而成名门望族，成为嘉善社会有影响的士绅阶层。由此，在明末以后促使家族文化繁荣成为一种现象，成为嘉善地方最显著的文化标志。

整个明代，以进士起家、科第不断的嘉善望族，知名的有祖孙、父子、叔侄、兄弟进士，如沈氏（沈科、沈道原、沈启原、沈自邻）、袁氏（袁黄、袁俨）、李氏（李奇珍、李奇玉、李公柱）、钱氏（钱士晋、钱士升、钱继登、钱棅、钱默）、魏氏（魏廷相、魏大中、魏学濂）、陈氏（陈于王、陈龙正），以及著名的项氏——项忠以下共10人登进士榜，并创下了五世连续登第的纪录。这种家族内部的积累，是明中后期科举中式迅速增多的重要原因。而且，家族之间又因为相互联姻，如魏大中之妻便是钱氏之女，魏大中从兄魏廷相之女嫁给了钱士升叔父钱继登，魏大中之女嫁给了其师曹穗之孙、曹勋之子，等等，又让这个时期嘉善家族文化，如《红楼梦》里"贾史王薛"四大家那样，呈现出荣辱与共、相互依存的格局，大概也可以算是明清江南文化的一道独特风景。

红菱的魏氏家族里走出了一个进士

在走出红菱的魏氏家族中，魏廷相是第一个荣登进士榜的人物。

科举的历史价值,让后人最为肯定的,便是相对公平的取士。天下士人,无论贫富贵贱,有学识、有才华者便可登第。明清两朝,嘉善建县以后合计中式登第进士187人,其中巍科人物13人次,是全国出巍科人物最多的26个县之一。

就魏氏家族而言,在走出红菱之前的生活境况,或许是要用"贫寒"两字来评说的。

根据李勇《魏大中评传》中的研究,结合潘光旦《明清两代嘉兴的望族》中的魏氏世系图,再参照清光绪《嘉善县志》有关人物记述,大概能够交代的有这么些内容:

(1)嘉善魏氏始祖是在元末明初入赘来当时的嘉兴府迁善乡三十五都迁北区东岁圩南张浜的,始祖名为魏伴,入赘的人家姓徐。

(2)徐姓是军籍人家,洪武年间魏伴携妻代岳父从军去云南大理戍边。在大理生三子,一子留在了大理,余两子回到迁善乡,回来时已建嘉善县。

(3)魏显是魏伴的三子,回善后以徐家留下来的二十八亩军产为业,繁衍生息。魏显有四子,次子魏继宗是魏大中曾祖父。魏继宗生有魏祥、魏珊二子。时家境稍有小康,魏珊便早早取得了秀才的功名,"游学兰溪卒",其孙是魏廷相,万历三十二年(1604)中进士。

(4)魏祥有四子,次子为魏邦直。魏邦直生有三女一子,子即是魏大中。大中又生三子一女,分别名为学洢、学濂、学洙、清。

(5)相对从兄魏廷相家,魏大中一家要贫困得多。父亲魏邦直在得有一子后便做起了乡村塾师,母亲薛氏和三个姐姐日夜纺纱织布以图度日。但家境依然贫寒,母亲和姐姐们只一件单衫过冬,以致手脚长满冻疮。常常是"并日而食,或野菜和米作粥",又总要从中析出米粒给儿子吃,饥肠辘辘的父母、女儿们喝的仅是野菜米汤而已。正是积年劳累和营养不良,三个姐姐都早早离世了。

在清光绪《嘉善县志》中,魏邦直以"孝友"列传,很简单的几句,倒是点出了其孝德、友善和慈爱的品行,被乡里私谥为"康惠"。

或许是缘于魏珊早早博得的秀才功名,家境小康的魏廷相也就有了较好的受教与读书的机会,而且在万历三十二年成为魏氏家族荣登进士榜第一人。这样的一种荣耀和成功,对整个家族而言肯定是具有巨大而深远影响的。

与魏廷相同年中式登第的嘉善人一共三人,在清光绪《嘉善县志》中都有传记,是谓宦业人物。

同年之一是毛尚忠,字诚庵,历任海澄、枣强、清漳县令,皆有治绩,后升工部主事,又迁云南佥事。

同年之二是陈国是,字与同,历官郎中,出知宝庆府,后转广西副使。从子甲,万历四十一年(1613)进士。

魏廷相,字卿云,登第以后去做了汝阳县令。他问民疾苦,居官清约。邑中春耕取水困难,便令人效法吴地农人制车戽水,使滨河之地皆可种稻,垦荒数万亩,民间称之为"魏公车"。又补宰枣强,因政绩懋著,擢四川道御史,未受命而卒。他秉性磊落,忠怀坦率,但英年早逝,朝野竞惜。

这个家族最出名的人物是嘉善的"名公清流"代表魏大中

　　走出红菱的魏氏家族，再一次登第上榜是在十二年以后的1616年，即万历四十四年，魏大中（1575—1625）历经三试终于登第进士。这一年，魏大中四十二岁。而这一年同科状元、同乡钱士升也是差不多的年纪。

　　万历四十四年，距宣德五年（1430）嘉善置县已过去一百八十多年。这一年的春天，嘉善科举终于迎来空前绝后的高潮，有五位举人登榜，钱士升殿试第一，成为建邑以来首位状元。这一科会试共取士344名，嘉善上榜钱士升、钱继登、潘永澄、魏大中、周宗文五人。其中钱士升一甲第一名，钱继登二甲第三名，潘永澄二甲第三十名，魏大中三甲第十三名，周宗文三甲第七十二名。这不能不说是令人瞩目的成绩。从历史资料来看，明中后期一名秀才通过科试、乡试、会试、殿试层层选拔，最终成为一名进士的概率大致是万分之七左右。

　　钱士升，字抑之，号塞庵。授修撰，历官南京礼部右侍郎、礼部尚书兼东阁大学士。

　　周宗文，字开鸿。任清江县令，后选入西台，又任尚宝卿、京兆尹。

　　钱继登，字尔先，号龙门，晚号箦山翁。授刑部主事，转员外郎，寻晋升为郎中，出守饶州，擢江西学道，补苏松副使，又任江防佥都御史。

　　潘永澄，字默庵。任兴化知府。

　　除潘永澄外，余均有专门的志传，而且都是能臣干吏，又都有与阉党争斗的事迹。

金一平《柳洲词派——一个独特的江南文人群体》中有这样一个评价："魏塘魏氏是一个大家族，这个家族最出名的人物是嘉善的'名公清流'代表魏大中。"

对乡村塾师魏邦直来说，聪明而又早慧的独子魏大中是他实现人生价值和理想的唯一希望。"万般皆下品，唯有读书高"，与绝大多数父亲一样，魏邦直将培养儿子成才出息，视为自己毕生最大的事业，并为此倾注了后半生全部的心血。早慧的魏大中始终没有让父亲失望，也使父亲更加劳心劳力地为儿子的前程操劳，而常常表现得相当决绝。"课读稍弗，棰杖辄数十下。"为了儿子的学业，在乡村做塾师的父亲，总是想着法子让魏大中到各处拜师求学，甚至为学费而卖地来换取银两，真的是殚精竭虑又不惜倾家荡产。

魏大中的举业其实是相当坎坷的。在他十八岁那年，劳累了一生的父亲病故，魏大中也走上了乡村塾师的生存之路。从万历二十年到四十四年（1592—1616），魏大中继承了父亲的事业，在乡村做私塾先生。其间，对魏大中而言，完成了几件人生大事：

（1）万历二十二年（1594），魏大中县试第二。是年冬，与钱氏在陶庄完婚。

（2）万历二十四年（1596），长子魏学洢出生。

（3）万历三十七年（1609），魏大中乡试中举。当时魏家已迁居到魏塘，居住的房子在县学后面，北向临水。不到一年，因妻病儿伤，只得卖房医治。在县城北门政和桥西租了低矮窄小的三楹房屋居住，一直到他五十一岁。

（4）万历四十四年（1616），魏大中登第进士。

历代县志的魏大中传记告诉我们的，最主要的是他与阉党的斗争故事。

从万历四十四年登第进士，到天启五年（1625）惨死，刚正不阿、狷介刚毅的廉吏魏大中在仕途为官仅十年左右。但其行止与作为，呈现的是一个至刚至烈的忠臣情怀，一种胸怀澄清天下之志的廉直性格。

史称，大中居官以廉直名。明天启元年（1621），魏大中升工科给事中，即上疏力争，认为杨镐、李如桢等人的罪行"宜置重辟"。次年，上疏弹劾大学士沈漼，并且对魏忠贤勾结熹宗乳母客氏专擅朝政多有诘责。由此，他与以魏忠贤为首的阉党交恶。魏大中进士及第后历任行人司行人，工、礼、户、吏各科给事中或都给事中。按明朝的职官制度，给事中、都给事中是在吏、户、礼、兵、刑、工六部特设的官职，无专署，给事中为从七品，都给事中为正七品，掌侍从、规谏、补阙、拾遗、稽查之事。想来这给事中或都给事中的职责，便是专司督察的，魏大中因为对魏忠贤之流的抗疏和弹劾，便成为阉党的眼中钉、肉中刺。光绪《嘉善县志》云："持议峻切，邪党仄目。"

明天启五年，也就是公元1625年。那是一个非常悲惨的年份，更是一个让后人无限感慨的年份。

自天启元年熹宗即位，魏忠贤便与客氏相互勾结，专擅朝政。天启四年，杨涟、左光斗、魏大中等七十余人，激扬讽议，慷慨上疏，弹劾魏忠贤二十四大罪状，斥之为大奸大恶之徒。次年，魏忠贤大兴冤狱，罢斥大臣数十人，凡不附其者，一概斥之为东林党人。

魏大中是在天启五年四月廿四日被诬下狱的。七月廿六日在公堂之上,魏大中、杨涟、左光斗三人均被刑讯毙命,死状惨不忍睹。杨涟死后,行刑者恐其诈死,竟再用铁钉贯穿其耳朵,用沙袋压在其身上,三天后才上报已受刑身亡。此时,杨涟的尸体已经溃烂而流出脓血了。而魏大中的尸体则是死后六天才从牢中拖出,早已腐烂不堪,浑身蛆虫遍布。

曾经在拙作《大路朝天》中写下过这样的一句感慨:"呜呼!忠烈如魏大中者,恐为大明三百年之第一人。"壮哉!烈哉!翻看大明三百年历史,最让人感叹的是吏治的坚定与惨烈。忠臣、奸臣,如万物,一茬紧接一茬,一代传承一代。而且,忠者恒忠,奸者恒奸。凡忠者均死于惨烈,凡奸者竟大都能得"善终"。

"风声雨声读书声声声入耳,家事国事天下事事事关心。"以国事为重,不计较个人生死荣辱,是东林党人的风骨精神,也是魏大中等忠臣们的家国情怀。

矗立着的是一座镌刻着忠贞与孝悌的精美牌坊

魏大中,字孔时,号廓园,明末"东林六君子"之一,为官在位十年,争移宫,争封疆,以澄清天下为己任,疾恶如仇,忠诚守责,虽九死而无悔。

崇祯元年(1628)深秋,在杨涟、左光斗、魏大中等"六君子"蒙冤被害两年后,一群东林孤儿披麻戴孝来到京城北镇抚司诏狱中门,为惨死的父辈设祭招魂。魏大中次子魏学濂被众推为首,撰祭文并当众宣读，未竟而哽，众孤莫不号啕泣泪，观者无不咽之、泣之。

需要补述的是魏大中长子魏学洢的孝行。《槜李诗系》的记述如下："父遭珰祸，被逮之，曰：天大雷电，风吼水立，邑中聚而送者千人。洢徒跣攀号，欲随以北，忠节曰：'覆巢有完卵耶？父子俱碎，无为也。'洢乃微服间行，尾缇骑抵国门。逻卒四布，遂变姓名匿旅邸，昼伏夜出，诡称家僮，入狱省视，哭失声，狱吏挥之出。叩当途父执，或拒不见。未几，忠节死狱中。"

这里的"忠节"是魏大中的谥号。在父亲逝世后，魏学洢"匍匐饮血，扶榇而归。归而朝夕号泣，未尝入寝室。哭而病，病复哭，每至丙夜，泪尽舌枯。家人以浆进，却之，曰：'诏狱中谁夜半而进之浆者！'竟以哀死"。

魏学洢殉孝扶棺，长哭以死，亘古鲜见。两年后，其父昭雪之时，诏曰"魏学洢殉孝捐躯，不愧忠后"，因而被私谥为"孝烈"。

崇祯七年（1634）十二月，朝廷会葬魏大中，一时名贤云集，参与者有千人之众。终于，棺暴荒野约十年的魏氏父子得以入土为安。从此，在县城最繁华的县前大街上，建造了一座名为忠节祠的魏家祠堂，矗立起一座镌刻着忠贞与孝悌的精美牌坊。魏氏父子，忠无愧于天地，孝立面于君亲。

最让人无奈的是，一向忠贞廉直之人，最终竟然是被诬以受贿而蒙冤致死的。魏大中就是这样的人，有廉直之名，终以受贿而被冤屈死。这样的境遇，已经不能用历史的玩笑来说解了。父亲死忠，长兄殉孝，横遭珰祸之害的魏家人，表现得令人肃然起敬。光绪《嘉善县志》的传记里是这样写的：年仅十八岁的次子魏学濂"外弥诸艰，内综庶务，事寡母，抚幼弟及兄孤子，咸尽其道"。幼子学洙因"兄学泗死，学濂走阙下"，"侍母钱至孝，患难中得母欢心"，世称"小孝子"，终因自幼体弱，侍奉母疾，心力交瘁，年二十七，不幸早亡。学泗死时，其妻严氏年方二十七岁，"截发毁容，终身蔬食"，事婆婆钱氏甚孝，竟先钱氏而卒。钱氏叹曰："夫为忠臣，儿为孝子，媳为节妇，吾何憾焉！"

魏氏一家无论男女，都以孝节而为人称赞。除崇祯年敕建的"忠臣孝子"坊外，在清乾隆年间还专门为学泗妻严氏建节孝坊于罗桁桥。

经历了从天启至崇祯年间的大起大落以后，魏学濂以"念受国恩"，"冀得效驰为报"之心，在崇祯十六年（1643）登第进士榜，成为走出红菱以后魏氏家族的第三个进士。这是明朝最后一科的考试，竟然和二十七年前万历年间魏大中中式登第那科一样，嘉善一邑有五人上榜，分别是徐远、魏学濂、孙圣兰、沈泓、钱默。

才貌双全的魏学濂进士及第后，成为庶吉士。

在随后不到半年时间，李自成攻进了京城，崇祯帝吊死在煤山上，大明王朝如大厦倾覆一般，瞬间就灭亡了。同科的五位进士中，孙圣兰"遭乱不仕，隐居三十年"。徐远虽任中书舍人，未几，就解绶归，居家以读书著述自娱，三十八年不改。钱默先后为光泽、嘉定县令，南都失陷后便弃官，后削发入黄山，年二十八卒。沈泓听闻"国变"之时，就攀柏自缢，为乡人救免，后"祝发空门"。那么，魏学濂呢，在北京城破之时，一再自缢，俱为仆所解。于是，便留下了一段"死晚"了的历史公案。

因其身负忠孝世家的光环，社会的期许就远超常人。当魏学濂降闯的传闻传至乡里，众人便欲毁其家中所悬之"忠孝世家"匾额，甚至还有"欲焚其故庐"之举，弄得上自老母钱氏，下至其儿魏允枚皆拜求众人，坚信其一定会殉难而死。所以，魏学濂只有以死赴难，才可解脱。清光绪《嘉善县志》将魏学濂列传于"忠义"人物之中，或许是编志者对他非得以死表忠，而且不得不赴死之苦的一种肯定，云"既而奋起曰：'死晚矣。'作绝命词，仍自缢死"。

　　曾听人说过，看明代的历史是需要勇气和胆识的。从红菱走出并成为嘉善有影响的名门望族，魏氏家族在腥风血雨、波诡云谲的明代末年，起起伏伏，大波大澜，书写了可歌可泣、可叹可哀的悲喜大剧。那么，当我们今天再去翻阅这段故事和传说的时候，感悟这份荣耀和悲怆的时候，更多地会对那座曾经矗立了三百多年的忠臣孝子坊的消逝，感叹、扼腕。

　　或许，我们可以在红菱重建魏家祠堂，重建精美绝伦的忠孝牌坊。至少，在雨中返程的车里，冯贤良、李勇和我是这样认为的。

2021年6月25日

长烟一空

——明代嘉善项氏人家的故事

项忠,嘉善建县后的第一个进士, 晚年将一个瓦剌姑娘的画像入祀供奉在宗祠家庙

辞官赋闲的晚年项忠(1421—1502),肯定是将宗祠家庙的修建当作了一项重大无比的工程。

自明正统七年(1442)进士及第后,他是宣德五年(1430)嘉善析置建县后的第一个进士。项忠在朝为官四十余年,经英宗、代宗、宪宗、孝宗四帝五代,历刑部主事、陕西按察史、右都御史,后官拜刑部尚书,寻为兵部尚书。所以,史称项忠为明王朝前期的重臣干将。

项忠致仕归家的年份,在手头的志史材料中,都没有明确交代。

成化年间(1465—1487),太监、权臣汪直设立了比永乐年间开设的监视、镇压官员百姓的特务机构东厂权势更大的西厂,恣意横行,天怒人怨,大学士商辂等带头上书弹劾汪直,项忠则倡议

朝中各部官员响应。宪宗皇帝便在成化十三年（1477）五月罢黜了西厂。但未承想，仅过了一月，西厂又重新恢复设置。于是，弹劾的一众官员便成了汪直忌恨报复的对象。项忠被诬而获罪，削职为平头百姓。成化十九年（1483）九月，汪直获罪解职，项忠等得以官复原职。又过五年，便是孝宗皇帝的弘治年间了。或许是在弘治朝中，项忠等老臣与新帝之间存有了互不谐调、相互矛盾的地方。特别是弘治十一年（1498）左右，孝宗召回汪直等人的举动，闹得满朝哗然，朝中不少官员愤而弃官。那么，项忠的辞谢归家到底是在哪年，无考。但是，可以肯定的应该是在弘治初年，不会晚于弘治十一年。

致仕归家的项忠，或许会重新去整理自己的家族宗谱，相信也一定会去认真回忆和总结自己一生的精彩。

作为在北宋靖康末年随驾南渡入浙来嘉的项氏家族，原籍河南，在元初以商起家，富甲一方。到"明代中叶，项忠任兵部尚书，项氏科甲联第，盛于明末"（吴晗《江浙藏书家史略》）。对项忠而言，宗祠家庙中曾祖项永原、祖项邦、父项衡三代都让朝廷赠资政大夫、都察院左都御史的称号，这已经是无上荣耀的事情了。更何况，在有生之年，他还看到了儿子项经在成化二十三年（1487）进士及第，授南福建道御史，儿子项绥武科进士及第，授职锦衣千户。

项忠四十多年在朝为官，从广东到陕西，从甘肃到内蒙古，或平叛，或镇反，或招降，安国定邦，战功赫赫。而正统十四年（1449）以刑部员外郎之职"从驾土木"的经历，肯定是项忠终其一生都刻骨铭心的记忆。

从《明史》到县志，对于项忠在史称"土木堡之变"的经历，都有一笔带过之嫌，主要应是为英宗讳。因为御驾亲征的英宗皇帝自己和随从一干将官士卒，都让瓦剌降服为俘。至于英宗在若干年后被交换返京，再登基的事，在此不叙。

在明末清初谈迁的笔记小说集《枣林杂俎》中，有一段生动传神的文字，倒是既可补正史之阙，又能释项忠晚年的一个举动：

"项襄毅大司马忠，初以刑部员外郎从驾土木，陷胡中饲马。与胡妇善，挟而南，走四昼夜食尽。胡妇度不两活，乃并粮自杀，项得入宣府。后祀妇家庙。"

襄毅，是项忠的谥号。

这样的一段经历，项忠能不耿耿于怀吗？

于是，将一个瓦剌姑娘的画像入祀宗祠家庙，就成了晚年项忠最重要的事情。而且，项忠是郑重其事地去做好了的。

名垂竹帛重千秋，故国荒祠断碣留。

五百年以后，项氏宗祠家庙早已荡然无存。就是在去世后被谥号"襄毅"而赐建的项忠墓，也如烟似尘，随风而去，了无踪迹。项忠，也就成了故纸堆中的一个历史人物，抑或可以称得上是一个既忠毅刚正又重情重义的传奇先贤。

项笃寿，一百二十年后，续写项氏家族守直持正的精彩篇章

项晋，是有史料记载的项氏在北宋靖康年间随驾南渡的人物。

来江南并真正入浙到嘉居住的，应该是项忠曾祖父项永原这一辈。限于史料，无法还原项氏家族在南宋一朝一百五十多年的作

为。吴晗在研究项元汴的时候，明确了两点：一是项氏家族来自河南；二是项氏家族自元初开始经商起家，并富甲一方。

明正统七年（1442），项忠的进士及第，让项氏家族的振兴之路，踏上了"仕"途。自此，"项氏科甲联第，盛于明末"。

有一个说法，叫"一门十进士"，应该就是项氏人家在大明一朝的辉煌写照，好像还是嘉善历史上绝无仅有的一种家族荣耀。

清人叶燮在《太学项君暨配张孺人合葬墓志铭》中有云："有明勋望德业大臣，浙以西称首者，为太保尚书项襄毅公。"

项忠是在明弘治十五年（1502）逝世的，卒年八十二岁。朝廷追赠其为太子太保，谥号"襄毅"。按谥号，所谓"襄"，辟土有德曰襄、甲胄有劳曰襄、因事有功曰襄、执心克刚曰襄、协赞有成曰襄、威德服远曰襄；所谓"毅"，致果杀敌曰毅、强而能断曰毅、勇而近仁曰毅、英明有执曰毅、经德不回曰毅。《明史》评曰："忠倜傥，多大略，练戎务，强直不阿，敏于政事，故所在著称。""襄毅"正是项忠一生勤勉于事、刚正有为一生的写照和赞美。

项氏家族传至项忠这一辈，我们今天能够知晓的有同胞兄弟三人：项忠、项质、项文。

项忠的仕途成功，让其子其孙也随之成了项氏家族中在科举的道路上非常耀眼的一支，历百年有余，经子孙三代，有六人先后进士及第。其中，有两人为武科进士。列叙如下：

忠子项经，成化二十三年（1487）进士，授南福建道御史，出知太平府，官至江西右参政，有其父之风，是能臣，敢担当。忠孙、经子项锡，嘉靖二年（1523）进士，历任建阳知县、刑部主事、南光禄鸿胪卿。忠孙、经子项钶，嘉靖四十一年（1562）进士，官刑部主事。忠重孙、锡子项治元（元淙），嘉靖三十五年（1556）进士，官吏部郎。另外，忠子项绶、孙项镛父子，先后为武科进士，及第年份不详。项绶被授锦衣卫千户之职，官嘉兴卫指挥佥事。项镛任苏州卫指挥佥事。

项笃寿进士及第的年份在嘉靖四十一年（1562），与忠孙项铤同年，按辈分排列，是项质的重孙，是元字辈。在项氏家族元字辈的人物中，还有一个叫项元汴的，应该是项笃寿同父异母的兄弟，后文会说到，暂不表。

项笃寿是项忠兄弟项质的重孙。所以，如果说项忠之于家族的意义，就是让项氏基业的振兴实现了由商而仕、商仕并举的腾飞，那么，项笃寿的出现，不仅让持续了一百多年的名门项氏，续写着历数代而未衰的荣光，而且真正让这份荣耀成了整个项氏家族共同的声誉。

项笃寿进士及第后的作为，光绪《嘉善县志》的传略中，主要叙述的是其以仪制考功郎之职，在"京察"之时能守直，在职方郎任上敢拂逆时相张居正而持正。志传评曰："能博综古今，通达国体，未究其用而卒。"

继项笃寿之后，项氏的这一支又先后有两人进士及第。笃寿子项德桢，万历十四年（1586）进士，历官工部屯田主事、山东佥事、四川参议（改密云）、河南副使，有直声，有作为。德桢同父异母弟项梦原（德棻），万历四十七年（1619）进士，授刑部主事，历任山西副使，会武功，忠勇、敢担当。

自正统七年的项忠，到嘉靖四十一年的项笃寿，再到万历四十七年的项梦原，近一百八十来年时间，项氏家族两支先后走出了十名进士（其中两名武科），成为明朝中后期影响甚巨的江南名门大族，书写了一个家族文武双全的历史辉煌。

梳理项氏家族的振兴与发达，或许于史实尚有错误与不足。但是，在翻读到项家每年春秋两祭都要由主祭的族长捧读的家训时，我们应该可以了解并懂得这个家族能够兴盛而不衰的缘由。

据传家训是项忠留下的，后世称之为《襄毅公家训》，情真意切，唯家唯业。敬抄录于此：

我赖祖宗积德，得至大官，且叨世禄子孙。怙侈灭义者，必不能无。故此，凡有圣贤成训，不必再言矣。

今后子孙袭爵者当谨守礼法，以保其位；传业者当制节谨度，以保其家。富者不可恃富骄奢，贫者不可因贫泛滥。取与要明白，恩义要保全。邻里要和睦，交游要慎择。兄弟不可因小忿而争讼，争讼则破家矣。亲戚不可因借贷而伤情，伤情则义绝矣。驭童仆当恩威并施，处佃户当恤其匮乏。钱粮要早完，徭役要早办。夫妇妾婢之间要处置得宜，勿令争妒。有子有孙者不教之读，即教之耕，勿令懒怠荒宁，以启丧家之端。谨内外之别，勤盗贼之防。

呜呼！知之匪艰，行之惟艰，唯我子孙尚师听之。

项元汴，用一生的聪明才智，
构筑了一座旷世绝古的书画艺术之塔

项忠从瓦剌营中逃回来以后，有相当长的一段时间，转战在广东、陕西和内蒙古各地，以赫赫战功，列公卿之位，且得以庇荫其后人。清人叶燮在《太学项君暨配张孺人合葬墓志铭》中说，项忠位极人臣之宠后，其弟项质"乃退不求仕进，以孝友克家用，德被诸里"。也就是说，兄弟两人一个在仕途为官，一个在家里从商勤业，共同支撑起了项氏人家历百年而持续振兴的基业。

项元汴的出现，让项氏人家在历史上的色彩，变得更加灿烂、多姿，也让嘉善（或嘉兴）项氏成为中国文化史上绝无仅有的一页，精彩辉煌、无与伦比。

真的，当你有幸走进项元汴的天籁阁时，你一定会相信，你使用再精美绝伦的语言来赞叹都不为过。

天籁阁，是项元汴用其一生的才情和智慧构筑起的一座旷世绝古的书画艺术之塔、历史文化之塔。

当代散文作家赵柏田先生有这样一段风趣而生动的文字，让你会在忍俊不禁的同时，感觉着他是既写活了项元汴，又写尽了天籁阁。他写道：

在到处都摆满珍玩的天籁阁，项元汴把自己所有的藏品都看一遍，要花上两个月的时间。两个月一轮看下来，再周而复始。项元汴就像山洞里的一只穿山甲，守着他的宝物，不许外人染指。不只生人不能靠近，家猫、蝙蝠也是严禁进入这间黑暗的屋子的，因为它们不经意间一抬足、一扇动翅膀，一不小心碰坏的就可能是商周时代的彝鼎，或者墙壁上挂着的晋朝的古画。（《古物的精灵·天籁阁》）

自元初经商起家，到明正统七年（1442）项忠中式及第并随之位极人臣，再到嘉靖、万历年间项氏家族的元字辈手上，少说也有二百多年的财富积聚、人脉拓展，无论是在嘉善还是在嘉兴，或在别处，肯定拥有着众多的别业家产。

按明人沈德符在万历三十四年（1606）成书的《万历野获编》中所描述的，自嘉靖末年起，海内承平已久，资产丰厚的士大夫家，造园林、置家班、搜古玩蔚然成风。明万历一代，上自严嵩、张居正，下到各地的富户望族，都对艺术品嗜好如痴。

好巧的是，项元汴正是生活在那个时候，而且是生活在最富庶的江南。

项元汴的天籁阁应该是兴建在嘉兴秀水城内的。据说项元汴更喜欢将嘉兴称为"槜李"，因为那是一个古地名，与他崇古之心吻合。

几百年前的项氏人家到底富庶到怎样的一个程度，项元汴能有多少财富可以"与古同游"，构建起这样一个堪称古字画收藏王国的天籁阁？明嘉靖朝擅权二十年之久的首辅大人严嵩之子严世蕃，曾在与人纵论天下财富时，搞出了个"富人榜"，称居首等的人家共十七家，身份有宗室、勋戚、官员、土司、太监，也有如山西三姓，徽州二姓，无锡邹望、安国，嘉兴项氏这样的商贾之家，都富可敌国。严世蕃还特别提到，项家田宅、典库等不动产不如家产过百万的吴兴董家，而其金银古玩等则远胜董家。

有两件事，可见项氏的富有程度。

一件事是说项元汴父亲项铨的。项铨年轻时就显示出了很强的经商才能，"治生臆算，盈缩无爽"（《嘉禾征献录》），精明程度与其祖项质有得一比，且有过之而无不及。项氏靠典当业完成了原始积累，便到处置地买屋，收取地租。有一处已买下几十年的房屋翻修时，发现墙壁里藏有一大笔金子，项铨便专门去找寻到旧宅主人的后代，将这笔钱财悉数归还。除了富有，还有诚信。或许正是拥有着这样一种诚实、信义的品质，才保佑了项氏家族得以发家致富并持续久远。

另一件事是说项元汴的，很有点浪荡纨绔的味道。项铨先后娶有三个妻妾，生养了三个儿子：项元淇、项笃寿、项元汴。嘉靖四年（1525），项元汴出生时，项元淇已经二十五岁。项铨卒于嘉靖四十一年（1562），年八十七。是年，项笃寿四十二岁进士及第。项元淇无意仕途，早已成家中商贾主角。所以，项铨去世后遗产分割的时候，兄弟三人之间上演了一出为世人称道的"让财于季"的活报剧。伯、仲两位兄长将父亲生前积聚的大量财产，多多地分给了三弟项元汴。

年轻而富有的项元汴被时人称为"项三麻子"，据说其乃五短身材且一脸麻子。项三麻子也有风流倜傥的故事，话说其年少轻狂之时，在南京秦淮河看上了一个漂亮的歌妓，莺莺燕燕，难舍难离。项元汴花大价钱买了一段沉香木，让工匠打造成了一张玲珑工巧的千工床，又置办了几大箱子绫罗绸缎等，一个月后用一大船载着赴京。谁承想在秦淮河找到那歌妓时，那女子竟然已经不认识这个一脸麻子的男人了，弄得项元汴尴尬万分、狼狈不堪。

项元汴接下来的举措，虽十分荒唐，却是万分解气。他让下人将那千工床和几个箱子抬来放置于堂前，并在堂内开宴数十桌。宴至一半，项元汴令仆从小厮将箱内衣裙悉数倒出，并一件一件撕裂，又亲自抡起一大锤，将那千工床砸个稀巴烂，再点上了一把火。顿时，烈焰滚滚，香烟飘飘，让整条街上都充满了沉香木焚烧后散发出的异香，经数日也未散绝。

从此，项元汴相信了青楼女子絮薄花浮、无情无义的道理。项元汴之所以浸淫于"与古同游"的书画收藏，成为一个被世人认为的极端无趣之徒，或许与此番遭遇不无关系。

天籁阁，才是项元汴醉心痴迷的天地世界，它既是物质的又是精神的，估计用翱翔与畅游，都不足以描摹和表达项元汴在天籁阁的身心体验、感受和领悟，绝无仅有，无与伦比。

从各种古书堆里的记录文字，我们大概可以探视一下项元汴在禾城里的院落宅第，其斋名曰"幻浮"，其庵名曰"攖宁"，其阁名曰"天籁"，倒是与其"禀受冲夷，性甘淡泊"的性情相符。一百多年后，清帝乾隆南巡来禾时写有《天籁书屋作歌自消》一诗，诗注说，项元汴名其鉴藏名人书画之所为"天籁阁"，是既有取《庄子》吹万自取之言，又隐寓忘己之意。斯言诚哉！

让项元汴痴迷一生、用情一生的天籁阁中，收藏了怎样的一个古物珍玩世界，怎样的一个名人书画艺术王国，现如今肯定无人能说得清楚、讲得明白。单说名人字画收藏，民国时期历史学家陈寅恪的学生翁同文，曾对故宫博物院库内字画作过一次清点，发现有"子京""墨林山人"印记，或依周履靖的《初广千文》为序编码的，推算经项元汴之手的书画作品总量为2190余件。子京是项元汴的字，墨林山人是项元汴的号。《故宫书画图录》载共计4600余件，可见项元汴凭一己之力，将历代名人字画的收藏到几近故宫一半的数量。

吴门画派大家文徵明的儿子文嘉是项元汴的好友，对项元汴以雄厚的资金广为购藏天下宝物，十分歆羡："子京好古博雅，精于赏鉴，嗜古人法书如嗜饮食，每得奇书，不复论价，故东南各迹多归之。"

公元1590年，也就是明万历十八年，是年底，享年六十六岁的项元汴，有"宇内鉴赏家第一"称誉的一代收藏大家去世了，而他一手打造的书画艺术王国，也在仅半个世纪的时光里随之分崩离析。

公元1645年8月17日，清顺治二年闰六月二十六日，清军破城，嘉兴城内尸积里巷、血灌沟渠。项元汴孙项嘉谟率二子及妻妾投河自尽，另一孙项圣谟因数月前已携妻儿躲身老家嘉善乡下而逃过一劫。项元汴身后留给六个儿子的家产，包括天籁阁藏的珍玩字画，在这场空前的劫难之中，"半为践踏，半为灰烬"。

约一百四十年后的清乾隆四十九年（1784），好古嗜雅的高宗皇帝南巡到嘉兴，专门去巡访了天籁阁的遗迹，还留下了《天籁阁》一诗：

> 檇李文人数子京，阁收遗迹欲充楹。
> 云烟散似飘天籁，明史怜他独挂名。

诗写得真不怎么样，不过，皇帝博雅好古的性情和对项元汴的怀念之意，倒是能读得出来的。当然，也少不了些许的感叹和哀伤。怪谁呢？不知道，就是皇帝也不好说。

天籁如云如烟，在时间的长河里飘去，在空间的旷渺中散去，无声无息，无踪无迹……

附记:

（1）自明正德到清光绪，历代《嘉善县志》的"科贡表"和"人物志"中，都将项忠名列其中，并有个人小传。清光绪《嘉善县志》中，项忠、项经、项锡、项治元、项笃寿、项德桢、项梦原和项圣谟均有传略，其中项忠在"名宦"，项经、项锡、项治元、项笃寿、项德桢、项梦原在"宦业"（项经、项锡、项治元祖孙三人合在一起），上述七人均为进士。项圣谟在"侨寓"。

（2）清光绪《嘉善县志》"科贡表"列名的还有项纲、项绶、项镛、项钶、项承勋、项隆先，其中项钶为进士，项绶、项镛父子为武科进士，项纲、项隆先为举人，项承勋为贡生。

（3）清光绪《嘉善县志》中所列项氏人物，都是明代人物。所有传志人物，仅点明项圣谟为"秀水人"。

2021年12月30日

归田最是汾湖好

一

每一次去到汾湖的时候，总会有那么一种心旷神怡、那么一份平淡恬静。

于是，便会生成出一丝匿迹江湖的念想来。

或许，更多的还是因为在这湖畔曾经存在过的那个"水村"，以及曾经出现过的那一幅让后世倍加推崇的《水村图》。

元季的大德六年（1302）十一月，已经是深秋时节。有一个姓赵名孟頫的人，信手涂抹了一湖的烟水苍茫，"林樾荫乎茅屋，略彴横乎荒湾"的"水村"。

沙洲低峦，远汀断渚，疏林野树，渔舟短棹，有平远幽深之水波，有空灵宁静之意境。芦苇、荻花，秋风、鸿雁。画面上的，是一处名之为"水村"的乡村别业，是一个赵孟頫的诗意栖居地。

二

住在汾湖水村里头的，是一个人称"水村先生"的老头。

在赵孟頫顶着一湖的苍茫，画了那幅《水村图》十多年以后，也就是元季的延祐元年（1314），那个叫钱重鼎的老头，真正住进了汾湖之畔的别业。

钱老头是从淮水通州来的。古代名为通州的，一是北京通县，一是江苏南通。通县，又称北通州；南通，又称南通州。钱老头在他留下来的《水村隐居记》中，说"予由淮水来吴会"。那么，按现今的说法，他是江苏南通人。记中还有一段文字是这样表达的："每思宽闲寂寞之滨，得与鲈乡蟹舍邻接，庶城市委巷逼仄之怀，有所托以纾焉。"

原来，这老头其实是向往着江南水乡的美味而来的。

不过，说出来摆到台面上的理由，当然是在繁华的城市里住腻了、住烦了，要寻一寄情之所，访一存志之处。

在很大的程度上，钱老头从江北下到江南，倒是与当时盛行于文人雅士之间的风气相吻合的。

知者乐水，仁者乐山，这是中国人向来的一种态度，一种对待山水的特殊眷恋。

宋元更替，寄情山水、托物言志的文雅之风，遁潜山林、匿迹江湖的隐逸之气，更是成就了文人画鼎盛与繁荣的美学基础。

这么说来，钱老头倒像是个中之人。

不过，也不必去追究钱老头是否属于哪一类人。按照他自己说的，好像是先到了苏州，客居在好友季道陆翰林家中。而且，一住就是近十年。

钱老头之所以会去到陆家客居，有一种肯定的说法，便是他在陆家当塾师。当得翰林家中私塾之师的钱老头，或许还真的可以算是个文雅之人。

在苏州陆家做塾师的钱重鼎，最后又移居去了汾湖之畔的"水村"。

三

家住苏州的陆翰林，本名叫行直，季道应该是他的字。

江南陆氏家族应是早在唐代就列于名门望族了。宋咸淳年以后，苏州陆家就"别业汾湖之上"，且有家人奴仆百余人。

钱重鼎的《水村隐居记》中有这样一句："知其别墅在淞江之南，汾湖之东，欲往游未能。"

从中，我们可以得知两点：一是陆氏在汾湖之畔有堪称"别墅"的房产建筑，据说就在现如今的汾湖村徐河浜口；二是客居在苏州的塾师对那种宽闲寂寞、蟹舍相邻的水乡生活向往之至。只是，始终未曾去过。

钱老头一心向往的汾湖别墅，他自己知道，他的好友陆翰林也知道。钱老头的笔下留下了这样一句平直的记录："季道悉予志，为卜筑于其别墅之傍。"

陆翰林在自家位于汾湖之畔的别墅旁，专门给钱老头建造了一名为"依绿轩"的建筑。

从此，在苏州陆家当了近十年塾师的钱老头，就来到汾湖之畔过起了隐居生活。

"明月之夜，共载以游。抚清绝之区，得咏歌之趣。"钱老头在《水村隐居记》还记下了与陆翰林月夜在湖中泛舟共游的往事，也留下了吟咏的歌词："舟摇摇兮，风袅袅兮，波鳞鳞兮，鸥翩翩兮，扣舷渔歌兮，孰知其他兮。"

相忘于江湖的那种情愫，表达得是这么的浓烈，流溢得是这么的自然。

四

一片宽闲景，波涵万顷天。雁飞秋影外，树倚夕阳边。

——陆祖凯

茅屋数椽依约外，云山一抹有无边。

胜景有余描不尽，归鸿几点落寒烟。

——黄肖翁

在汾湖之畔舒适而又惬意的钱重鼎，终于想到了一个人，想到了这个人的那一幅画。

那个人便是赵孟頫，那幅画便是十多年前留下的《水村图》。

或许，钱老头能得一幅赵孟頫的画，不容易、很难得。

清代嘉兴人朱彝尊在《赵子昂〈水村图〉跋》中，曾有过这样的评说："赵王孙画山水，用绢素设色者多。独《水村图》横幅以纸写之，且用水墨，洵神品也。"

钱老头得到的是一纸本的水墨画作，虽然被后世视为"神品"，但在宋王室之后代赵孟頫自己眼中，不过是"一时信手涂抹"的。有题款为证：

"大德六年十一月望日，为钱德钧作。"

"后一月，德钧持此图见示，则已装成轴矣。一时信手涂抹，乃过辱珍重如此，极令人惭愧。"

钱德钧，那肯定就是钱老头。后世在仰视赵孟頫和他的神品画作的时候，还得要好好感谢钱老头的所作所为。

假使没有钱老头对《水村图》的"珍重如此"，赵孟頫的这件神品之作能不能、会不会留给后世，还真不好说。

而当钱老头在依绿轩里放眼周遭，但见流水清清，风烟袅袅，鸥鹭翩翩，夕阳依依，渔舟唱晚，仿佛置身在了那幅画作之中。

这里，就是一幅活生生的水村图。

五

"向来寓意思卜居，住处只今成画图。胸中本自渺江海，主人相浼写汾湖。"（邓棷《题水村图》诗）

钱重鼎卜居汾湖之畔，希冀的或许早在赵孟頫画《水村图》时就已经给他描绘好了，仿佛就是这样的一种环境，这样的一片景物。所以，才会有这样的感叹："景物处所，宛然不异于今所居，事固有不期而相符若是然者。"

心中之境，固然就是眼前之景！

于是乎，钱老头将汾湖之畔的居所名之为"水村"。

于是乎，"汾湖水村"既是钱重鼎卜居于烟波之上、聚书而怡悦其中的生活，又是赵孟頫在画作之中所追求的恬淡、平静和诗意的风景。

六

一幅水墨山水，一处别业建筑，让一个名字，成就了一种文化现象。

魏坤的出现，让水村这个符号附着了更丰富、更精彩的文化价值。

自唐王维的"山居"，到元赵孟頫的"水村"，或"江村"，以及明清时期的"渔樵林泉"，历代文雅人士眷恋、向往山水的隐逸之风，始终不绝，而且是愈加盛行。

汾湖，便是江南水乡一处绝佳的桃花源。

钱重鼎卜居其间，竟把居所当成了赵孟頫心中的世外桃源。

清康熙年间，嘉善人魏坤因仰慕钱重鼎的雅致生活，以"我本水村耕钓叟"之名，隐居在汾湖岸边。

魏坤的汾湖隐居，给后世留下了一种文化现象，让"水村"成为历久而弥新的一种文化符号。

赵孟頫的《水村图》经元、明历代，至清康熙二十五年（1686）进宫廷成了皇家珍藏，民间便不再有此图可赏。

魏坤就做了重绘《水村图》这样的一件雅事，让民间依然可以欣赏平远山峦，俨然屋舍，湖波荡漾，树密枝浓的理想之境、心想之地。

魏坤之后，重绘《水村图》，从康熙到乾、嘉年间，先后出现了二图、三图、四图、五图，直到民国初年还出现了第六图。

"水村图"系列的出现，让"水村"成了历朝历代文人雅士心中难以忘怀的情结，无法抹去的记号。

汾湖，也就成了一个让人无限眷恋和钟情的江南文化符号，一个寄托着文人墨客隐逸之思、君子之志的理想圣地。

七

"归田最是汾湖好，我亦相期作钓师。"

清人王士祯为魏坤让人重绘的《水村图》上的题诗，真好。

再次去到汾湖，去到汾湖村的徐河浜口，"水村"是肯定无从寻见了。

如果可以，在湖上驾一叶扁舟，或许还会如当年的钱重鼎那样，"屋前流水，清澈鉴毛发，居人数汲以饮。时有鸥鸟舞而下，若相忘于江湖，可取以玩也"。

水村，或许真的能够成为一个存放静穆心态、追求平淡天真的好去处。

2023年4月21日

凄风苦雨哀江南

——陈龙正的救世与慈善行状

明崇祯十七年（1644），在南都南京暂任国子监丞的陈龙正，请辞归乡。

次年六月，听闻了理学大儒蕺山先生刘宗周绝食而死的消息，陈龙正竟也绝食而步其后卒。刘宗周是为京城被攻陷而殉明的，陈龙正则是以自己瘦小而又羸弱的身躯，作为灾荒不绝、动乱不息的大明朝的末年献祭。

陈龙正生命的最后几年，竟是他生命中最让人感动、最让人哀恸的几年。陈龙正，用自己的荒政思想救世行善，为明末的江南书写了一个让后世永远记着和怀念的名字——同善会，书写了一份让后世始终传颂宣扬和难以释怀的民间慈善赈济事业。

同时，陈龙正也以他不一样的生命终结，抹去了一代理学醇儒难得的光亮与色彩。

"庚午春荒"，陈龙正尚未出仕时的救灾活动

在陈龙正儿子陈揆所撰的《陈祠部公家传》中，有这样一段记述："三月朔，江南千里鬼哭，时米价始贵，饥民有弃半岁女投河者，公蹙然曰，民极于下，鬼啼于上，救民回天，不可后矣。"

"遂首赈胥山一乡为倡。公赈民始此，而一方富室救一方贫民之法，亦试行于此。"

那年是庚午年，也即崇祯三年，公元1630年。这年，陈龙正已经四十六岁。

陈龙正是在崇祯七年，也就是四年后才考取进士博得功名而进入仕途的。庚午年江南大闹春荒的时候，他还在家里辛苦求读。

陈龙正的家所在的区域，按当时的区域划分属胥山乡第五区，志书上载称"胥伍区"。

胥山乡是在嘉善境内地势最高的南部位置，与平湖、嘉兴两县相接。

明末的江南，既是自然灾害频发地区，也是灾情最为严重的地区。崇祯年间，江南地区无年不灾，水、旱、蝗是三类最重的灾害。崇祯三年，有一次遍及江南地区的大灾荒。而且，在陈龙正看来，嘉善的灾荒似乎特别严重。

"庚午三月朔之暮，大雷电，鬼哭彻旦，听之如在空中，亦如在门庭，户户悉闻，以为大异矣。"

这是陈龙正在《庚午急救春荒事宜》中的记述。

陈龙正作为乡绅的影响，早在天启元年（1621）中举时，就已经名闻乡里了。那年，陈龙正荣登顺天经魁。不过，他当时的名字叫陈

龙致,后来更名陈龙正。再加上受到万历十四年(1586)进士,"淡泊明志、冰鉴自矢"的能臣廉吏其父陈于王的影响,一介布衣的陈龙正早早就热衷于"好言事时政尚"。

陈龙正在接下的文字中,还讲述了他当时的所见所闻,真的是惨凄悲极。

"比苕松人来,皆言如此,鬼声方数百里,不益异哉。予初七日,自会城归闻之,方凄断,俄又闻穷民有抱其半岁子,沿门呼号,欲授人而人莫应,遂携至罗星桥,投急流中。呜呼悲哉!此外不见不闻、馁病而死、弃捐而死者何限。民极于下,故鬼啼于上,天变示人,至迫切矣。"

所以,陈龙正在听到儿子告禀家中尚有余粮数百石时,便马上开始了赈济灾民的活动。而且,也是在这一年的赈灾活动中,陈龙正除了捐出六百石粮食用以救荒外,还探索和实践了"一方富室救一方贫民之法"。而这也是陈龙正最为后世所称道的荒政理念。

当然,"庚午春荒"的救灾实践,陈龙正还有一系列具体操作的手段。《庚午急救春荒事宜》应该是陈龙正在事后的记述,后来被收录在了《几亭全书》中。

梳理《庚午急救春荒事宜》中的记述,陈龙正在"庚午春荒"的救灾实践和具体的操作办法,可以归纳为如下几个方面:(1)实地调查,逐村逐户登记。将每个村里的贫户分极贫、次贫两类,分别予以粮食救济。(2)富室分区分片救助。从身边人、自己生活的社区开始,让本乡富户赈济本地灾民。(3)救荒首重乡村。以农立国,以农安邦,每当灾荒来临,农业受害最甚,农民首当其冲。

"大荒之岁,极贫之民,平籴则无钱,赈灾则无偿,二者皆未足以济，济之惟有煮粥、散粮耳。"大灾大荒之年，对极贫的饥民救助，需煮粥与散粮并行。

"小荒先散粮于乡村，大荒兼煮粥于城市，当道会期而煮粥，乡人画地而散粮。"这大概是陈龙正对官衙救荒手段的一项建议，其实更是他牵头乡里富户赈灾的一项实际操作。

"庚午春荒"的救助实践，为陈龙正后来从事更为严重的赈灾救助，以及形成以《救荒策会》为代表的荒政思想提供了基础条件。

"庚辛大饥"，陈龙正将赈灾救荒光大成了众人共同参与的事业

庚辰、辛巳年间，也就是崇祯十三、十四年（1640、1641），江南各地水、旱、蝗灾相袭，"南北大饥"。

查阅手头的《浙江灾异简志》，这两年的灾情描写词语都是触目惊心的。写水灾：十三年"春，义乌淫雨"，"平湖四月初八雨至五月初九，田禾尽淹"，"湖州乌青五月大雨七昼夜"；十四年"正月十六日，嘉兴大雨，城裂"。写旱灾：十三年"浙江旱饥"，"嘉兴、嘉善七月旱蝗"；十四年"嘉善五月大旱"。写蝗灾：十三年"七月，嘉兴、嘉善旱蝗"；十四年"六月朔，嘉兴、嘉善飞蝗蔽天"。

大灾之年，必有饥荒，各地"米价腾涌，从古所无"。当年已经归隐乡里的原礼部尚书兼东阁大学士、万历四十四年（1616）的状元钱士升是这样记述的："南北大饥，米价翔贵，富民闭粜，劫掠四起，贫民携钱入市，竟日无从得米。"不仅米价飞涨，而且还无米入

市。不仅市上无米出售，而且百姓还被劫掠，生活动荡。所以，赈灾救荒便成为江南各地保境安民的头等大事。

　　早在"庚午春荒"救灾实践的第二年，也就是崇祯四年（1631），陈龙正仿照无锡高攀龙的同善会，在德高望重的老乡绅，原南京右佥都御史兼提督操江、工部尚书、太子少保、太子太保丁宾等人的扶持下，建立了嘉善同善会。同善会是一个组织，在陈龙正以满腔热忱地大力推动之下，一方面救济灾民，推行善念，另一方面维持社会，保境安民。因此，在史所罕见的"群情汹汹，势亦非安"的大灾大荒之年，陈龙正的赈济实践，使嘉善一邑在大饥荒之中维持了社会的安定。

　　在事后撰写的《庚辛救荒平粜事宜》中，详细记述了陈龙正在当年联合县内乡绅富户，积极开展救济灾荒活动。"庚辛大饥"，陈龙正竟然把赈灾和维安这两个难题都做好了。在他的记述文字中，是这样总结的：

　　"岂不闻邻县各域，俱有一番嚷闹？独嘉善帖然无事，正为官府主持，先期平粜之故。"

　　陈龙正的赈济举措，在继承的基础之上，又有了创新。平粜，便是在灾荒之年确保贫民生计、维持社会安定的有效办法。在《庚辛救荒平粜事宜》中，抄录了《公示城坊平粜谕》等，让我们能够从中读到陈龙正针对贫民的生计困难，提出减价与时价并行的平粜方案。具体而言，就是一要确核贫户，给票平粜；二要量减米价，给予贫户；三是时价与减价并行，保障市场；四要以升计量，细水长流。

　　但是，在现实生活当中，还存在有极端贫困的，既无积蓄，又无本钱买米的人家，除了饿死就别无他途。所以，还需辅以"量口给食"，那是唯一可行而使其存活的办法。陈龙正曾在《致钱塞庵相公书》中，特别强调"惟量口给食，乃真正救荒第一要法"。

去职归里而居的万历四十四年（1616）进士、状元，南都礼部尚书兼东阁大学士钱士升（号塞庵），不仅是陈龙正赈灾救荒的同路人，更是赈灾实践的参与者。

庚辛大饥之后，乞丐遍地、转死沟壑，"设粥厂以救"的办法，已恐因饥民云集、杂乱无序而酿成伤亡。钱士升创设了"担粥法"，无定额，无定期，无定所，"凡遇贫乞，令其列坐，人给一勺"，随时随地，灵活简便，垦"无设厂聚人之弊，而有施粥活人之实"。

陈龙正将钱士升的"担粥法"作为一种灵活而有效的救灾办法，不仅将其大力推广，而且还在他的《壬午救荒事宜》中进行了翔实记录，让后世的我们既读到了乡绅们当年救灾的真诚，也看到了乡绅们当年救荒的努力。

庚辛救荒，让我们看见的是以陈龙正为代表的那一群热心救荒赈灾的乡绅们忙碌的身影，也看到了以陈龙正为代表的那一群乡绅用自己的行为构筑成了中国近代慈善事业发展的雏形。

同善会馆，让陈龙正的名字和这一项慈善事业一起变成了明末仅存的那份温暖

陈龙正登第进士那年，已经五十岁。因其有"盛代醇儒，经世巨品"的学术之名，所以即使仕途不顺，为官时间又不长，且职位也不高，但在朝野的影响倒还是不小的。虽然他未能实现在仕途顺遂的愿望，但他却把地方上特别是在家乡的赈灾救荒事业弄得

风生水起。同善会的建设，便是陈龙正"修齐治平，利济万物"责任的一个大作为，而且荣耀千秋。

清光绪《嘉善县志》中设有一目，曰"同善会馆"，云："向无公所。邑有思贤书院，坍废已久。明崇祯十四年，邑绅陈龙正请于当道，改建。"

嘉善同善会早在十年前的崇祯四年（1631）就已经建立。钱士升对同善会十年有这样的一段描述：

"自辛未至辛巳，已阅十年。而前喁后于，鼓舞不倦，可谓得人心之同矣。当肇举时，散给不满百人，后渐推广至数倍；酿金不给，则主者捐橐佐之。"

从中可以读出同善会组织十年来的艰辛、陈龙正等一众乡绅的努力，也能读到同善会十年奋斗的社会影响和作用。

依陈龙正的愿望，便是"凡具善根，愿相与成此善，事事而成也"。"相与成善"，应该就是"同善"的本义。因此，到崇祯十四年（1641），先后经历了"庚午春荒""庚辛大饥"，陈龙正就更加坚定了"同善"的思想和意志。而同善会馆的设立，对同善会的管理、运行更加规范创造了条件，也更好更有效地推动了同善会组织的发展。

创立同善会馆，一是拥有了办事、聚会的固定场所。

依照同善会的运作规程，每年定期有4次聚会活动，每次活动都有一个"主者"，都会有一次会讲。除开展慈善给发事务外，陈龙正非常重视的是民众教化。一方面扶贫济困，一方面强调教化。这是陈龙正在同善会运行之中的创新，也是陈龙正关心生命、注重民生的情怀表达。《几亭全书》中收录有陈龙正9次会讲的内容，语言通俗易懂，讲理深入浅出，重点就是行善做人。一要做好人："做好人须由不饥不寒。要免饥寒，须由勤俭。"二要做好事："今要做好事，先从不做恶事起。""舍者亦善，受者亦善，方是同善。""行者亦善，闻者亦善，方是同善。"三要行良俗："庶几人人各守本分，共成一县好风俗。"

二是置办了田地资产。

君子利益万物，使物各得其宜。随着救济规模的扩大，以置办田地，通过地租弥补济贫经费，是陈龙正设馆建庄的初心。陈龙正在崇祯十四年会讲中说道："这会自壬申春行起，至今年辛巳冬，整整十年。初时受济者不过数十人，今已增至三四百人。"说明嘉善同善会的救灾济贫活动，开展得既顺利又成效显著。

一代理学醇儒，一个慈善大家，以其对生活的热情和真诚，在凄风苦雨的大明王朝末年，将救荒济贫的同善之举，写满了哀鸿遍地的江南。那份善心留下来了，那种善行也留下来了。而陈龙正却走了，走得那么决然、那么悲怆。

江南水乡，桥多，路长。每一条路上，都要建造一座又一座桥梁，连接了，从这一头延伸到漫漫无尽的那一头。同善会或许就像是一座桥，让陈龙正从桥的那一头的风雨中走来，而且越来越近，越来越清晰……

2023年9月19日

伍子塘

伍子塘：伍子胥经营伐越之地（《弘治府志》）。伍员佐吴兴水利通盐运始凿（《启祯条款》）。南引胥山以北之水，北经双葑港、平山塘，会西塘入祥符荡（《天下郡国利病书》）。南通胥山，北达西陆港，长二十七里。筑城中断（《魏塘纪胜》）。

——清光绪《嘉善县志》卷一《区域志·山川》

胥山

矗立在浩渺无际的原野里，荒无人烟，原始的树木与野生的杂草中，有几块巨石裸露其间。

那是一座小山，是一座没有名字的荒山。

你，伍子胥，将这座小山作为一个坐标，作为连接钱塘江北岸和太湖流域腹地的一条人工开凿的河道的一个重要基准点。

后来，人们把这条河道名之为"伍子塘"。

后来，人们把这座作为基准点、作为坐标的小山，命名为胥山。

从此，在这一片广袤而又荒芜的土地上，拥有了以历史人物命名的一座山、一条河。

从此，伍子胥就成了一个独具个性、充满魅力的文化印记，深深地扎根在了这一片土地上。并且，深刻而恒久地影响了这一片土地上勤勉而善良的人们。

于是，人们将这一方土地称为"吴根越角"。

于是，人们将这一座原本荒芜的小山，改造成了祭祀伍子胥的圣地，改变成了"胥山松涛"的江南佳景。

元代画家吴镇题为"嘉禾八景"图中，"胥山松涛"为其中一景。云："百亩胥峰，道是子胥磨剑处。嶙峋白石几番童，时有兔狐踪。山前万千长身树，下有高人琴剑墓。周回苍荟四时青，终日战涛声。"

千百年以后，吴越争战的硝烟早已吹散了，伍子胥的挥剑身影，也已经成为天幕上如云一般的幻想。

松涛声声，或许还会让人记忆那些战鼓雷动，那些刀光剑影。

之所以会名之为胥山，更主要的就是因为那个传说。

史云："吴王闻之大怒，乃取子胥尸盛以鸱夷革，浮之江中。吴人怜之，为立祠于江上，因命曰胥山。"

传说，伍子胥被诬杀头之时，让家人将其双眼挖了悬于国门之上，说是要亲眼看到吴国被灭。

伍子胥啊，以生命的终结，将一个大大的忠字写下，镌刻在了吴越的大地之上，烙印在了吴越后世的人们心底。

胥山，便是后人对吴越征战的感怀，对忠烈如斯的嘉许。

刘公墩

刘公墩的存在，让嘉善文化的历史底色，呈现出了一种无与伦比的光彩。甚至是空前绝后的熠熠生辉。

刘公墩其实就是一个拦河大坝。

修筑在新城北门之外的刘公墩，将自胥山脚下一路向北、穿城奔湍而去的伍子塘水拦截。

那是在大明朝的嘉靖年间，为抗倭而筑城以后。

志云："筑城中断。"

所以，就有了北城门外的独特风景。

于是，我们就发现了一个以"柳洲"来命名的风雅之所。而且，是唯一的。

"柳洲"，本是"增壤列树，覆亭其巅，而树碑于亭"的亭名。亭中所树立的是"刘公墩"碑。而后百年，刘公墩上先后建有殿、阁、楼堂等，便成了文雅之士的吟唱之地，成了人们作诗会文的好去处。

"洲边老柳不成行，八子风流尚有堂。"在柳荫之间，在亭阁之上，穿梭着的是"柳洲八子"的身影，传诵着的是经久不息的诗词唱和。

钱继振、郁之章、魏学濂、吴亮中、魏学洙、魏学渠、蒋玉立、曹尔堪，从明末到清初，他们就像是一个雕塑群体，代表着影响广泛而又深远的"柳洲词派"，矗立在了刘公墩上。

或许，我们要选择一个足以存放这样一群雕像的地方，临水，再种上垂柳，沿着弯弯曲曲的小道，刻几块诗碑。

或许，我们就应该在城里的街道上、巷弄口，让这些诗人们的雕像三三两两地站着、坐着，再配上他们的诗词作品。

站在曾经是北城门的遗址之上，北望曾经柳荫如盖、亭阁相对的刘公墩，想象着"柳洲八子"那么神采飞扬的身影，追忆着那丝丝缕缕穿越了百年的诗词吟唱。

"柳洲词派"，应该不只是文学史上留着的一个称谓。

刘公墩上老柳婆娑、吟唱声声的往昔，应该不只是我们的想象和追忆。

祥符荡

在祥符荡修筑一个名之为"荻秋"的书院，那是明代人吴志远的选择。

明万历年间，理学家吴志远结庐"荻秋"于祥符荡之畔，内含雪鸥阁、点瑟轩、巢居、班荆馆等雅室。

曾经的高朋满座，曾经的讲经论道。一百多年以后，清代人曹庭栋再访荻秋书院的时候，那里已经"数椽零落，改为僧居"。

"万顷祥符漾碧虚，轻船载用访幽居。数椽茅屋芦花岸，只有孤僧伴老渔。"

在故书堆里，还能读到许多的凭吊与感喟：

听说荻花有遗迹，怕拈窠臼作禅参。

——清倪以埴《斜塘竹枝词》

湖边分得寻诗地，寄语沙鸥莫浪嗔。

——清曹尔堪《冬暮荻秋庵即事》

荻花秋水两茫茫，为问延陵旧讲堂。

——清丁桂芳《荻秋庵》

吴志远的选择，让祥符荡的万顷碧波，在聆听了那一阵又一阵的琅琅书声后，随着日复一日的晨钟暮鼓荡漾开来。

于是，我们把明代的吴志远和荻秋书院，当成了江南理学的一个重要的传扬地。

从高攀龙、归子慕，到陈龙正、陆陇其，再加上魏学洢、魏学濂，祥符荡因为贴上了明末清初江南理学圣地这样一个标签，也就神采飞扬了起来。

"两岸菱花开未遍，又芙蕖点点。"当江南的烟雨又飘忽了一百多年，或者是二百来年以后，把祥符荡建设成长三角生态绿色一体化先行启动区的新兴科技引擎，成为我们今天的选择，同时这也是我们的使命。

碧水蓝天、鹭鸥翔集，是祥符荡已经有过的风景，相信这也应该是祥符荡今天、明天依然呈现的样貌。

祥符荡，一个曾经的文化圣地，在我们的手里将会改变成经济、科技和文化共荣的繁华之地。

而且，还是那么的自然生态、那么的美丽迷人。

2023年2月28日

祥符荡的秋

一个满腹经纶的老童生，雇了一叶小舟专门去祥符荡看秋

最该去祥符荡的时节，应该是在秋天。

湖畔和田野里的植被、树木、禾稻，都会在一阵凉似一阵的秋风之中、一场寒过一场的秋雨之中，变幻出日渐多彩的颜色来，洋溢出更加丰满的成熟和韵味来。

或许，唐虞去得早了些时日。大概是在入秋后不久的一个下午，他坐着一叶扁舟，从魏塘的住所出发，出北门，绕过了依依柳荫丛中的环碧堂、鹤湖书院，沿着伍子塘一路北上。

当年伍子胥为兴水利、通盐运，开凿的这条纵穿嘉善全境的河道，南引胥山以北之水，一路奔湍，北经双葑港、平山塘，会西塘，入祥符荡。唐虞的小船自南向北，倒是顺着水流而动的。或许，还是顺风的。初秋的江南，依然是东南有风。估计，来到祥符荡的时候，已近傍晚，远远望去，湖面波光绮丽，两岸秋色已染。

唐虞是个邑增生，品行端庄，学识渊博，尤以文章见长，受其

教者皆"优于文行"。在这个秋日，一介书生唐虞去祥符荡做甚，有无同行或随从，都已经无从查考。不如可以这样想象，这个满腹经纶的老童生，就是雇了这样的一艘小船，专门去到祥符荡看秋的。

这样一位有点迂腐的真夫子，大概是生活在大清朝的康熙初年，江南的经济和文化已经恢复，生活正常，社会安定。

唐虞应该是生活于相对安谧之中的人物，或许他依然在县学里给学子们讲述四书五经、传授文章写作之道。而在这一天的午后，唐虞要去祥符荡了。为啥去，去干吗？只有他自知。

别过夏花绚烂，走近秋叶静美。唐虞来到了祥符荡，来到了这自南而北、其形被誉为如吉祥如意的祥符荡，写下一首绝佳好词：

何所见，竟把秋容匀染。两岸菱花开未遍，又芙蕖点点。　　最是湖光惨淡，浪卷渔舟难辨。风急江村帆影乱，雁声云外转。

这首《祥符秋泛词》，被清光绪《嘉善县志》作为随文附录，收在"祥符荡"目下。

好一个"何所见"，让人如亲历一般，将那湖光秋色看遍。在唐虞笔下，没有写祥符荡之宽阔、之浩渺，也没有见祥符荡湖畔之古寺旧庵。或许，对他来说，湖中那一簇簇犹如星星的菱花开放，若隐若现的芙蕖点缀，更让人着迷、醉心。

南宋魏庆之在《诗人玉屑》中对王维的评价是这样的，"王右丞如秋水芙蕖，倚风自笑"。秋水芙蕖，清丽绝俗，一派天然，况且迎风自笑，其风姿神韵，令人心醉神往。经历了众多坎坷，王维眼中的山水就只有"清净"二字了。"行到水穷处,坐看云起时",水穷处,云起时,没有万紫千红,只有云白山青。相信,学识渊博的老学究唐虞是知道王维的,或许这也正是他心驰神往的一种境界。

站立在湖中小舟里的唐虞,抬眼远眺,能看得见秋色初染的湖和岸,应该还有岸上柳荫微黄,更深处的禾稻万顷,以及湖底江口人家的炊烟袅袅。渔舟唱晚,落帆喧噪,再听到南归的雁声就在云外掠过响起。

又是一个春秋,又是一年,安谧、宁静地过去了。这样的情景,就算不会是唐虞在那时那刻的所见,应该也是他在那时那刻的所想。对江南士子而言,无论是否经历了明清易代的腥风血雨,都已经由意气风发归于淡然平静。或许,这才是生活的真正常态,这才是生活的正常境遇。

让人的心灵归于宁静,让人的生活体现安谧祥和、悠然自得。

唐虞之所想所思为何? 不知。

一个名重一时的理学家,兴建了一座叫"荻秋"的乡村别业

有一种生长在水边的水生植物,叫荻花。

形似芦苇,又非芦苇,入秋以后,就会开放一丛丛如穗的紫花来,随风摇曳、招展,姿态万千,至柔至美,是历代文人墨客笔下写秋的对象。

唐代白居易《琵琶行》一开头便是"浔阳江头夜送客,枫叶荻花秋瑟瑟",让枫叶和荻花成了千百年来写秋的绝佳组合,也让诗人多了一份伤春悲秋的寄托,一种孤独落寞的情愫和浪漫。所以,

唐人李贺会有如许感喟："天若有情天亦老。"(《金铜仙人辞汉歌》)还有宋人的贺铸，更是叹息得直白："萧萧江上荻花秋，做弄许多愁"。(《眼儿媚·萧萧江上荻花秋》)

在明代的万历年间，吴志远将修筑于祥符荡之畔的别业，名之为"荻秋"。

> 万顷祥符漾碧虚，轻船载月访幽居。
>
> 数椽茅屋芦花岸，只有孤僧伴老渔。

这是清人曹庭栋《魏塘纪胜》中，写"荻秋"的诗。

曹庭栋生活在清朝康乾时代，与吴志远相距足有一百多年之久。曹庭栋出世的时候，作为清初诗人、画家，被誉为"柳洲八子"之一的吴志远之子吴亮中，也已经过世近十年了。所以，荻秋别业，肯定是颓废而成了一处破旧老屋。按曹庭栋的说法，那已是"数椽零落，改为僧居"。

想当年，在吴志远的时候，荻秋庵是一处相当精致而典雅的宅院，小而美。曾在荻秋求学就读的魏大中长子魏学洢有一文专门记写了荻秋，叫《雪鸥阁记》。开篇云曰："雪鸥阁者何？荻秋庵雪鸥阁也。荻秋庵者何？子吴子别业也。"在魏学洢的笔下，荻秋庵雪鸥阁是"读书于此而乐之，曰：藏焉，修焉，息焉，游焉，趣其寄焉已"的地方。

作为一座乡野别墅，荻秋除了雪鸥阁外，还有点瑟轩、巢居、班荆馆等雅室。

清光绪《嘉善县志·人物志》"理学"的引言中有这样一段：

"善邑自王龙溪、管南屏诸先生主持书院讲席，笃行之士有能探闽、洛渊源者。"解注一下：王龙溪是指明代理学家王畿，闽、洛则分别指南宋朱熹学派和北宋程颐程颢学派。明正德十三年（1518），魏塘建思贤书院，在王畿等一众理学家的主持下，理学之风蔚然，对魏塘文风影响深远。

吴志远，字子往，是明万历十六年（1588）的举人，因其对程朱理学的潜心研究，与无锡东林书院的高攀龙、归子慕等往来甚密。在县志的传略中赫然有云："武塘理学自龙溪后，复振于志远。"也正缘于此，祥符荡的获秋别业，就成了吴志远与高攀龙、归子慕讲学处，成了明朝晚期嘉善理学振兴的传习所，曾引来不少文人墨客，也曾走出了不少乡贤名士。

猜想，在获秋的影集相册中，除了主人吴志远和常来做客的高攀龙、归子慕外，或许还出现过顾宪成、钱士升、钱士晋、魏大中、陈于王、丁宾、夏九鼎，应该还有魏学洢、陈山毓、陈龙正等。其中，钱士升、钱士晋兄弟先后进士及第，而且钱士升在万历四十四年（1616）升榜为状元。陈龙正成为明末著名理学家，更是嘉善最早的慈善组织同善会的创始人，开创了近代慈善事业发展之先河。魏学洢是明末散文家，《核舟记》一文千古流传……这一众人物日后都成为明清时期嘉善名门望族和科举世家兴起的标志，是构筑嘉善士绅社会的中坚。

"谈笑有鸿儒，往来无白丁"，或许可以算作是获秋的写照。

在吴志远和高攀龙、归子慕的心底，获秋或许更是一方避世的净土。虽然，"风雨读书声、家国天下事"会是他们谈论和探索的政治抱负，是他们交流和研究的社会课题，但他们更向往的应该是高攀龙和归子慕在吟咏荻秋的诗词中所表达、传递的志趣,所感慨、所叹息的情绪。

常来常往的高、归两人,应该在荻秋留下了不少题咏诗词。县志中"荻秋"目下,收录了高攀龙的《荻秋杂咏》四首、归子慕的《春日过荻秋庵》一首,除了记录了在荻秋的日常点滴与情谊外,表达更多的便是淡泊明志、潜心向学的志趣、情怀。敬抄录如下:

高攀龙的《荻秋杂咏》:

日夕水烟起,细雨渔舟出。草阁生微寒,主人方抱膝。

——《雪鸥诗》

曰狂我岂敢,聊尔混樵牧。闭门春色深,相看柳条绿。

——《点瑟轩》

远村人语寂,幽人卧方妥。夜半闻清钟,明月当楼堕。

——《巢居》

无客长闭门,客来共心赏。去来亦无之,春风芭蕉长。

——《班荆馆》

归子慕的《春日过荻秋庵》:

迥绝幽栖处,何当春日过。
花开当午足,蜂过短墙多。

清世羲皇梦，沧浪孺子歌。

同心吾辈在，天壤乐如何。

"日夕水烟起，细雨渔舟出"，是祥符荡的水韵情致。"闭门
春色深，相看柳条绿"，写荻秋庵四周春风杨柳绿。"夜半闻清钟，
明月当楼堕"，是荻秋庵里的静夜月色。"无客长闭门，客来共心
赏"，是荻秋庵内高朋满座的喜。"同心吾辈在，天壤乐如何"，更
是如《论语》中所谓的"浴乎沂，风乎舞雩，咏而归"，只要志同道
合的人相聚在一起，处处都是乐土。

晚明政治风云的波谲云诡，党争的血腥与惨烈，让吴志远这
样的一介书生，不再依附于权贵，更不能留恋于官位，告归是一种
自觉的行为，远离是一种必然的选择。于是，便有了在祥符荡边这
一小小荻秋庵之中，和三五个志趣相投、品位相近的仁人志士，以钻
研理学典籍为乐，让谈论政治理想与放情湖光秋色同在、齐飞。

荻花秋水两苍茫。曾经的理学圣地，对嘉善社会从晚明至清初
理学之风兴盛产生重大影响的荻秋庵，或许在荡边存在了几十年、
上百年，从兴建到破败，到如今早已不复存在。

荻花依然西风里，秋光更添夕照残。

祥符荡的岸柳芦荻，一年又一年依然荣枯周替。

祥符荡的粼粼波光里，除了历史和岁月，还会辉映些什么……

2021年9月2日

闲话吴镇：品性、思想、情怀

一、吴镇，是一个品性高尚的隐士

在历代的《嘉善县志》上，元代画家吴镇都有列传。而且，一般都是作为"隐逸"人物入传的。

在还能读到的志传中，都会有这样的文字，"性高介""工词翰，善画山水竹石，每题诗其上，时人称为三绝"。这既是对其人格品行的评价，又是对其书画艺术的赞赏。所以，即使是在《梅道人遗墨》《两浙名贤录》等这些非志书类的书本上，在介绍吴镇其人时，也都运用如许评说，直至今日仍旧沿袭不改。

所谓"隐逸"人物，便是"忘情轩冕、托志夷远者"。从《义门吴氏谱》中介绍吴镇的文字中，可以读到关于其家世、为人等方面的内容。而且，还是仅有的说法：

至正辛卯举朵列图榜进士。公以家世宋勋戚，隐居不仕，以诗酒自娱。善泼墨画，贵介求之不与，唯赠贫士，使取值焉，海内珍之。

元至正辛卯年是公元1351年。这一年，吴镇也曾进士登第，只不过没有入仕而已。依《义门吴氏谱》上的说法，吴镇祖上乃宋室的勋贵戚族，宋亡后又以海运而成"大船吴"。所以，吴镇能够"隐居不仕"，潜迹于当时地僻郡东已经集市而成的小集镇魏塘，委身于已经破败了的在宋代号称浙西名园的"陈氏花园"，绕屋植梅，且名其居所为"梅花庵"。

当然，需要说明的是，吴镇所居的梅花庵，和眼下仍在魏塘花园弄里的梅花庵，已经不是同一处所了。明万历年间乡里士绅募建的梅花庵，其实是为守墓而建的庐宇，只是因慕吴镇的梅竹品格，所以还是沿用了其居所的旧名。或许也可印证的是，吴镇作为元季大画家的社会风评和其艺术被肯定、推崇，应该是在明万历年以后。

清光绪《嘉善县志》的传文中，有这样的交代："同时倪瓒、杨维祯辈皆风流纵诞，广延声誉。镇独隐匿穷乡，日与羽流、衲子（指佛教人士）为群。"即使时人已称其为诗书画"三绝"了，吴镇始终坚守着自己的高介品性，以至于到终了，只有自己题了个"梅花和尚之塔"作墓碑。

吴镇最有形象的自诩是："若有时人问谁笔，橡林一个老书生。"这个老书生最让人称道的是这些名号："梅花和尚""梅花道人""梅沙弥"。梅花，或许真的是吴镇品行的真实象征。

查阅现在依然存世的吴镇书画作品，能够见到的只有一件作于至正八年（1348）的纸本卷《梅花图》，吴镇时年六十九岁。而且，在图上竟然没有一个吴镇的题字。南宋陆游的《卜算子·咏梅》有云：

驿外断桥边,寂寞开无主。已是黄昏独自愁,更著风和雨。无意苦争春,一任群芳妒。零落成泥碾作尘,只有香如故。

孤独、寂寞、无主、不争,梅花之高洁品格,或许正是吴镇一生的仰望与追求。从绕屋植梅,到名其居所为"梅花庵",还有这一系列的字号,便是吴镇终其一生的精神追求及其品性的写照。

吴镇,就是做了一个如梅花一般孤傲独立、品性高介的隐逸之士。

二、吴镇,是一个思想深邃的智者

明初有一名为冷谦的道士,生卒年不详,行藏也不详。但其有一段评论性的语言,在王绂的《书画传习录》中留了下来,大概是可以看到的较早的关于元四家的评说了——

松雪道人赵孟頫子昂,梅花道人吴镇仲圭,大痴老人黄公望子久,黄鹤山樵王蒙叔明,元四大家也。高彦敬、方方壶、倪元镇,品之逸者也。盛懋、钱选,其次也。

在明初大画家王绂的眼里,赵孟頫、吴镇、黄公望、王蒙是"元四大家"。

到嘉靖年间戏曲理论家何良俊的《四友斋论画》中,倪瓒才与吴、黄、王一起称"元四家",且评四家之个性曰:"黄之苍古,倪之简远,王之秀润,吴之深邃"。

何良俊将"深邃"两字用来评价吴镇的书画艺术，而且是与四家中其他各家不同的主要特性，倒是别出机杼，又是更有见地的。

翻阅吴镇可以见到的书画作品，竹子的形象，大概是出现得最多，而且还是姿态表达最丰富的。有一首诗，是吴镇在画上重复多次题写的：

> 野竹野竹绝可爱，枝叶扶疏有真态。
> 生平素守远荆榛，走壁悬崖穿石镈。
> 虚心抱节山之阿，清风白雨聊婆娑。
> 寒梢千尺将如何，渭川淇澳风烟多。

除了竹子"枝叶扶疏"的形态，更多的是竹子"虚心抱节"的品质，这也是吴镇思想、品格的表现。

最能表现吴镇思想深度和品行高度的，是其笔下的那一众渔父。

可以找到的吴镇"渔父图"有绢本轴《秋江渔隐图》《芦花寒雁图》《秋枫渔父图》《渔父图》，纸本轴《洞庭渔隐图》，纸本卷《瑾本渔父图》《维本渔父图》等，创作的时间从元统二年（1334）至至正十二年（1352），五十五岁至七十三岁近二十年之久。这也可以说是吴镇一生中最重要的创作题材，从一图一舟一渔父，至一图一舟两渔父，再到一图多幅十五六舟、十五六渔父，无论是一叶小舟横江、仰天长望，还是划桨撑竿、驾舟垂钓，又或者是停舟卧波、闲坐歇息，除《洞庭渔隐图》上的一舟两人外，其他都是一人一舟，烟波浩渺，湖光山色，芦荻、虬树、飞雁、晴空、画面上所呈现着的便是那一众与天地共情、让山水同乐的渔父，自由自在、天然随性。

依《瓘本渔父图》上卷首吴镇所书的唐柳宗元《渔父图》文，或许能窥见其所思所想，能领会其所感所悟的——

《渔父图》，进士柳宗元撰。《庄书》有《渔父篇》，《乐章》有《渔父引》。太康浔阳有渔父不言姓名，太守孙缅子能以礼词屈。国有张志和，自号为烟波钓徒，著书《玄真子》，亦为《渔父词》，合三十二章，自为图写。以其才调不同，恐是当时名人继和，至今数篇录在《乐府》。近有白云子，亦隐姓字，爵禄无心，烟波自逐，当登舴艋舟，泛沧波，挈一壶酒，钓一竿风，与群鸥往来，烟云上下，每素月盈手，山光入怀，举杯自怡，鼓枻为韵，亦为二十一章，以继烟波钓徒焉。

其实，渔父的形象早在庄子笔下就成了一种文化符号，一种思想寄托。到了吴镇的笔下，渔父就更坚定地展现着天人合一的思想意识、天性随意的文化传统。

在中国的绘画史上，文人画的哲学思考和美学追求，都有着相当鲜明的符号表达。而从隋唐至宋元，由王维的《辋川山居图》到黄公望的《富春山居图》和赵孟頫《水村图》，斗转星移，时空转换，美学符号的表达也由崇山峻岭中的砍柴樵夫、赶路旅人，变成了江南水乡河港湖荡中日夜劳作、漂泊的渔父。而吴镇便是将他最后二十年的笔墨，潜心在了众多渔父形象上的塑造。而且，越到后期，吴镇笔下的渔父形象就越丰富、越率性、越生动。用吴镇题在《洞庭渔隐图》上的诗词，那就是"洞庭湖上晚风生，风搅湖心一叶横。兰棹稳，草衣新，只钓鲈鱼不钓名"，相忘于江湖，钟情于自然，惬意，自在。

或许，这正是吴镇作为"元四家"中最有思想深度的文人画大家的价值存在。

三、吴镇，是一个乡愁满怀的画家

当然，说到吴镇，就不能不说到他的《嘉禾八景图》，那是一个纸本长卷，作于至正四年（1344），吴镇时年六十五岁。

在可以查到的志书上，记载着嘉善这一方土地上，曾经涌现过被苏轼誉为"郭恕先之后一人而已"的北宋书画大家李甲。郭恕先是五代著名画家郭忠恕，字恕先。苏轼、黄庭坚、米芾、蔡襄四人中，除蔡外，都有与李甲交往的传说，可见自诩乡村野夫的李甲在当时应该也是有着很高的声誉和很大的影响的。与吴镇同时代的是盛懋、盛著叔侄俩，从临安寓居在魏塘，"时以吴仲圭墨竹、岳彦高草书、章文茂笔及懋山水称'武塘四绝'"。武塘，即魏塘别称。到明代，出现了个上承元季四家、下启明代吴门画派（又称"明四家"）的书画大家姚绶，他仅凭一叶沧江虹月之舟便写尽了吴越风流。项圣谟是在明亡以后，选择了去乡村地头写意抒情，走进了嘉善清凉客居，写山水、花卉。许从龙的存在，让佛画成了少有的艺术奇葩。《五百罗汉图》自清康熙年间诞生之日起，就是中国佛教绘画艺术难得的珍宝。

而相对于吴镇来说，自北宋至明清的众多书画大家，甚至包括与吴镇同列为"元四家"的黄、倪、王，都未曾见有如《嘉禾八景图》这样一幅让人感怀乡愁的作品。

在《嘉禾八景图》卷首的题识中，吴镇是这样写的：

> 胜景者，独潇湘八景，得其名广其传。唯洞庭秋月、潇湘夜雨，余六景，皆出于潇湘之接壤，信乎其真为八景者矣。嘉禾吾乡也，岂独无可揽可采之景与？闲阅图经，得胜景八，亦足以梯潇湘之趣。笔而成之图，拾俚语，倚钱唐潘阆仙《酒泉子》曲子寓题云。至正四年，岁甲申，冬十一月阳生日，画于橡林旧隐。梅花道人镇顿首。

"嘉禾八景"，其实是吴镇的首创。其中，既体现了吴镇对家乡胜景深入而仔细的研究，又寓含着吴镇对家乡山水风光真挚而热烈的情感。正是有了这样认真的研究，这样真切的热爱，吴镇才能在随后的每一景上题写出一首首词句优美、诗意真诚的小令佳作，还能在每一景上都注明了现实之中的地理方位、自然地名、名胜古迹和传说。读之，总是那样的亲切，那样的温馨。

嘉禾八景，自"县西"而至"县东"，分别为空翠风烟、龙潭暮云、鸳湖春晓、春波烟雨、月波秋霁、三闸奔湍、胥山松涛、武水幽澜。吴镇生活的"嘉禾"，一直要到明朝宣德五年（1430）才分设成了嘉兴、秀水、嘉善三县，因此，"八景"中的"县"应该是指当下的嘉兴，当年的郡治所在。在每一景的题识文字中，我们可以读到的地名、楼名、亭名、堂名、城门名、寺院名、塔名、墓名、桥名、路名、井名、地名、湖名、山名、树名、石名、人名等计有七十余个之多，足见吴镇在作图绘画时，对家乡的乡土风物研究之深入、之详尽。

将《嘉禾八景图》慢慢地铺陈开来，细细地品读和欣赏，我们就会被吴镇引领着穿越过几百年的时光，在元季的嘉禾大地上，或闲庭信步，或欸乃泛舟，领略乡土风物，品鉴名胜佳景，感悟诗情画意。

从这个意义上说，吴镇的《嘉禾八景图》就是一份满溢乡愁情怀的珍贵礼品。而且，是它让我们在时空的穿越之中与嘉禾大地的风物胜景相遇。你说是不是？

2023年11月2日

一路隐去：渔父与孤舟

去到严子陵钓台上站立着

我很少外出游历，与大山名川的接触，更多的是依赖书本中的文字，包括一些照片图画。我以为，读万卷书要比行万里路容易，最起码要省钱。当然，我其实也没有认真去读过几本书，往往都是浮光掠影、浅尝辄止。偶尔，还会自以为是地弄个千把字短文，好像去游历过一番的，冷不丁地抄上几段先贤大家写的文字，或者诗词名句，唬得真像博古通今似的，常常因此很是自鸣得意。

前两天，二弟在微信上推送了一张在严子陵钓台的照片，说是单位组织去那里春游。

记忆中，我去过严子陵钓台，想来应该都是快四十年前的事了。大学同学中，有几个是桐庐的。暑假期间，坐绿皮火车到建德，再换长途汽车去桐庐，一路经新安江，过富春江，再下去是钱塘江。不过，我那时在同学家逗留了三天以后，便从桐君山下码头乘船去杭州了。

印象中，我是先去的桐君山再去的严子陵钓台。桐君山就在桐庐县城边的富春江中，是个江心小岛。相传里面住着黄帝时期的桐君老人，是"中药鼻祖"。所以，桐君山便就成了药祖圣地。桐君祠、桐君塔、凤凰亭等是山上的主要建筑。北宋名臣范仲淹有诗云："钟响三山塔，潮平七里滩。"所谓三山塔，便指的是桐君山上桐君塔、船底山上圆通塔、安乐山上安乐塔。也就是说，早在那个时候就已经建有桐君塔了，而且其是桐庐县城的标志。桐君山下的七里扬帆，也早已成富春江上的一景。

沿石阶登山，进山门后便可见桐君祠。我去的时候，桐君祠内正在翻修，到处都是石料、木料和沙堆。所以，就记着了祠内的那株不知名的老树，苍虬挺拔。脑海里，始终将这株老树幻化成桐君老人的手杖，高高耸立。而且，在以后的几十年时光里，这株苍虬老树竟成为我对桐君山记忆的全部，时常在眼前闪现。悬壶济世的桐君老人，也就变得高大无比，以至于无法仰视。

搭乘拖拉机去到严子陵钓台，已经是在午后。同样是一个正在翻修的工地，很荒芜的地方。

不过，站立于严子陵钓台临江风而慨叹的情景，倒是真实的。我不知道唐人柳宗元会不会闹心，因为，在后来的很长时间里，我始终是把"独钓寒江雪"的渔翁，和严子陵的形象融合在一起，甚至还会让姜太公也来凑一下热闹。我知道，这样的联系是非常牵强附会的。

姜太公钓鱼愿者上钩，大钓无钩，直钩钓国。说白了，那是一种故作姿态。

姜太公，又名姜子牙，胸怀天下，是文武全才的贤者，适逢周文王求贤若渴，于是便成就了这"千古一钓"的传说。源远流长的渭水，除了让一个七旬老翁以愿者上钩的直钓，钓到了王与侯，还让千百年来的流水之声一直诉说着这段传奇。

去严子陵钓台上站立着，看那正在翻新修建的牌楼巍峨、高阁连亘，看那江岸壁立千仞之上正在铺设着的石阶重重。江中之水，也没有了鱼翔浅底的清澈。不远处便是江上风光最美丽的七里泷，夹岸高山，寒树丛生，负势竞上，互相轩邈，只是已经没有了孤帆远影。南朝梁吴兴主簿吴均笔下《与朱元思书》中的"风烟俱净，天山共色"，好像是，也好像不是。"鸢飞戾天者，望峰息心；经纶世务者，窥谷忘反"，倒是有点像在写这个被誉为天下第一钓台的主人。

钓台的主人叫严光，字子陵。说是东汉光武帝刘秀的发小，"少有高名，与刘秀同游学"。史书上所载最多的，就是严光在刘秀即位称帝后便隐名换姓，隐居于富春江畔，每日垂钓。至于他的经纶世务之才干如何，还真的未见只言片语。后世之所以非常推崇严子陵，并将此钓台誉之为天下第一，是缘于他始终没有应允刘秀而出仕。此举，被历代赞为不慕富贵、不图名利，品格高洁、气节峻傲。严子陵，也就如许由、巢父等被誉之为隐士逸人。北宋范仲淹在《严先生祠堂记》中有云："云山苍苍，江水泱泱。先生之风，山高水长。"

姜太公以钓入世，用经天纬地之才助文王兴邦立国，实现了自己建功立业的宏愿。

严子陵则以钓出世，用甘愿贫苦、淡泊名利的品质，赢得了千秋万代的景仰。

如果，将姜太公和严子陵用一种符号来描述的话，那就是渔翁。

唐人柳宗元的"孤舟蓑笠翁，独钓寒江雪"，大概是最让后人认可和传颂的渔翁形象。

魏晋南北朝以后，渔翁越来越成为隐逸精神的象征。"采菊东篱下，悠然见南山"的东晋人陶渊明，在《桃花源记》中，便是一位渔翁发现的桃花源。

《周易》云："天地闭，贤者隐。"其实，柳宗元的《江雪》诗中，同样交代了渔翁出现的背景："千山鸟飞绝，万径人踪灭。"与其说这是在写景，不如将其看作是写社会的，就像是清人龚自珍所谓的"万马齐喑"。需要解释的是，在这些诗文里，渔翁既是被描写和叙述的对象，更是作者自己的化身。因此，姜子牙和严子陵，就这样成了历代文人归隐江湖、寄情山水的精神依托，成了传统人文价值和追求的实践表达。

严子陵钓台上的风是从江上迎面吹过来的。

站在风里，我能够感受到的是古之贤者那种"一竿风月，一蓑烟雨"的志趣、情怀和风雅，正如这一江绵远不息的春水，流淌千古。

从吴镇《渔父图》中驶来的一叶孤舟

上个月的25日下午，阴，有时有小雨，陪冯骥才先生在乌镇参观木心美术馆。

查资料得知，该美术馆是致力于纪念和展示画家、作家木心先生的毕生心血与美学遗产的。美术馆建筑在2016年入选了世界建筑节文化类建筑奖项提名。

去木心美术馆，是冯骥才先生提议的。在馆内的一楼、二楼的各个展厅里，冯骥才先生好像在寻找着什么，很少说话，看得却很仔细。

离开美术馆后，我们在乌镇西栅水上集市对岸的茶室里，临河而憩。店主泡上了今年的碧螺春新茶，很细，很嫩，很清香。

大概还在回味着刚才在木心美术馆的参观，冯骥才先生说，美术馆要有让人震撼的作品，不仅要看得见思想、触及人心和灵魂，而且要有艺术感染力，让人耳目一新。

我知道冯骥才先生是当代著名的作家，同时，也是大画家。而且，他是先做画家，再写小说，后来又成了以传统文化保护和弘扬为己任的文化大家、著名学者。我之所以会陪他去乌镇，其实是从杭州接他来西塘，参加"中国古村落保护"国际高峰论坛《西塘宣言》发表十五周年纪念活动的。

作为全国第一个以拯救传统村落为主题的国际学术会议活动，第一个"中国古村落保护"的国际宣言——《西塘宣言》的发表，深刻影响和引领了中国传统村落的保护和传统文化的传承、弘扬。冯骥才先生就是当年的主导者。

说到嘉善县城建有吴镇纪念馆，冯骥才先生的神情有些肃然起敬的样子。

冯骥才先生用相当真切而又深情的语调，说起了曾经对吴镇以及"元四家"山水画作品的临摹。说到了黄公望的热衷功名而又屡屡受挫，最后隐居富春江畔；王蒙在出仕与隐居之间的游移不定和内心纠结；倪瓒爱惜羽毛的清高和生逢乱世的困惑。相形之下，好像只有吴镇甘于寂寞、清贫守志，是一个能洞破世相的法外仙人。当然，还说到了吴镇的墨竹与梅花，渔父与孤舟。

身边河道上款款划过了两只被冠名为"踏白船"的农船，冯骥才先生说了这样的一句话：无论何时、何地，每一只船承载着的都是过往、当下和将来，都会是一时一地独特的文化展示与表达。而从吴镇的《渔父图》中驶来的那一叶孤舟，承载着的就是他的思想和灵魂，体现了他那个时代的美学价值和精神追求，那就是一份文化、一种传统。

印象中，吴镇画过很多渔父图。中国绘画史上，吴镇赋予了渔父以"云散天空烟水阔"的格调，创新了文人山水画千岩万壑、化实为虚的传统。比如《芦花寒雁图》，芦苇丛萧瑟清寂，寒雁在上空鸣叫。怡然自得地坐在船头的渔父，是在倾听寒雁悲凉的感叹，还是如寒雁一般在向苍天询问：这水天一色的苍茫之中，何处才是故乡？天地穹庐，无处即为归处，心安处便是故乡。

吴镇的《渔父图》长卷在中国绘画史上的价值，堪比黄公望的《富春山居图》。他继承了唐宋以来文人山水画"近岸广水，旷阔遥山"的绘画传统，画面"一水两岸"，水阔山远，蔚为大观。而画上这一众情态各异、动作各样的渔父，或长啸、悠游，或闲话、行吟，或沉思、迷醉，或登台、高卧……在没有岸，没有水，或横或竖或斜地漂动着的那一叶渔舟中，"兰棹稳，草衣轻，只钓鲈鱼不钓名"。

是在滔滔的江水里漂，还是在虚拟的江湖里漂，抑或是在天地间的虚空里漂……画家仅仅画出了渔父的轮廓，基本看不清面貌，一片云，一抹水痕，一叶轻舟，一个悬挂在腰间的酒葫芦。而且，最让人叫绝的是他巧妙地把渔父穿插在了诗词的字里行间，形象是清淡的、写意的，但给人的印象却是深刻的。扑面而来的，就是那一种独与天地往来的散淡和红尘之外的超然，让人感受得到的，就是这一份穿越千古的轻盈呼吸。

吴镇《渔父图》中的那些小船很小、很逼仄，一叶一叶地在空白处漂着。在船上的这一众渔父，一个个仿佛都很怡然自得，安之若素。这大概就是吴镇的状态，主动、先觉地出世，如渔父那样摇拨着一叶轻舟，在云水之间独自荡漾，有着无可名状的释怀与超脱。

从吴镇《渔父图》中驶来的那一叶孤舟，肯定是空的，浮于水面或空中，旷达于世，载道于胸。是渔父，或者是吴镇，一个得道的人，满船空载明月归。

车窗之外的旷野里，细风斜雨，浩渺无际。

离开了一个古镇，我们去往另一个古镇。从乌镇到西塘很近，而从木心到吴镇却仿佛很远、很远……

2021年5月9日

苏东坡真的来过

一

陈舜俞逝世了。

在白牛湖畔悠悠然闲逛了近五个年头以后，这个不修边幅的老头儿走了。

永远地走了。

陈舜俞隐居到白牛湖畔的村里做农夫，是在他第三次辞官以后。

是陈舜俞选择了白牛村，还是白牛村包容了陈舜俞，已经是一个无解的历史之谜了。

反正做了农夫的陈舜俞，从此就在白牛村里快乐地生活了。

"我骑牛，君莫笑，人间万事从吾好。"这是陈舜俞写的《骑牛歌》，那纵情湖光水色、怡然而自得的心态，让人好生羡慕和向往。

陈舜俞，是在北宋熙宁九年（1076）病逝的。

二

陈舜俞逝世了三年后，苏东坡来了。

苏东坡是来陈舜俞墓前吊唁的。

于是，便留下了被南宋诗人陆游评为"唯祭贤良陈公辞最哀，读之，使人感叹流涕"的《祭陈令举文》。

苏东坡一生写有四十多篇诔文，这可能是最真切哀恸的一篇。

陈舜俞，字令举，号"白牛居士"，是北宋著名的清官，也是著名的学者。

陈舜俞生前的好友与"政敌"，在其逝世以后都以自己的方式表达了哀痛与悼念。

苏东坡的悼念，便是他专程赶来，亲临墓前。

呜呼哀哉！天之生令举，初若有以厚其学术，而多其才能，盖已兼百人之器。既发之以科举，又辅之以令名，使取重于天下者，若将畀之以位。而令举亦能因天下之所予而日新之，慨然将以身任天下之事。夫岂独自任，将世之士大夫，识与不识，莫不望其如是。是何一奋而不顾以至于斥，一斥而不复，以至于死！

呜呼哀哉！天之所赋为偶然而无意邪？将亦有意，而人之所以周旋委曲辅成其天者不至邪？将天既生之以畀斯人，而人不用，故天复夺之而使逝邪？不然，令举之贤，何为而不立？何立而不遂？使少见其毫末而出其绪余，必有惊世而绝类者矣。

余与令举别二年而令举没。既没三年，而余乃始一哭其殡而吊其子也。呜呼哀哉！

这就是苏东坡呈于陈舜俞墓前的祭文，是一代文学大家对一个生前好友的哀悼。

苏东坡曾三过嘉兴，时间是在北宋熙宁六年（1073）、元丰二年（1079）和元祐四年（1089）。其中，只有第一次赴任杭州通判的那年，陈舜俞还在白牛湖畔生活着。等到他调任湖州知府，再调任杭州知府的时候，陈舜俞已经驾鹤西去。而苏东坡来到陈舜俞墓前凭吊，应该是在他第二次过嘉兴赴任湖州的途中。

从杭州出发，沿运河北行，到嘉兴停歇，苏东坡专程赶去了白牛村。或许，苏东坡是从华亭塘坐着船去的。南朝宋元嘉年间，刺史王濬为导引武康之水东泄，开凿了东接黄浦的华亭塘。所以，苏东坡的船，说不定真的是在华亭塘中来回驶过。

那么，暂且就这样想象吧。

三

苏东坡专程去到白牛村，除了祭拜陈舜俞，或许还为了和另一个老友碰面。

如果，那个老友还在世，他们应该是要见上一面的。

作为北宋中期的文坛领袖，苏东坡在诗、词、文、书、画等方面都有极高成就。所到之处，往往会兴之所至，留诗词于壁。

嗜茶且礼佛的苏东坡，在嘉兴景德寺也曾题诗于壁。

景德寺，又名茶禅寺、三塔寺，就在运河岸边。

苏东坡在景德寺的壁上题诗，让我们发现了一个已经很少有人说起的书画人物，自号"华亭逸人"的李甲。

李甲，字景元，居华亭乡，工画，又善填词，尤擅小令，且名闻于时。清光绪《嘉善县志》的小传中告知我们，"苏黄米蔡"四人中，米芾"尝称之"，苏东坡则题其画曰"郭恕先后一人而已"。

五代末至宋初的著名书画家郭忠恕，字恕先，北宋绘画史论著《圣朝名画评》称其作品为"一时之绝"的神品。

苏东坡将李甲评为除郭恕先外第一人，那是何等崇高的评价。

这天，苏东坡到景德寺内，看见了李甲画于墙壁之上的竹子，信手便题写了这样一首小诗：

> 闻说神仙郭恕先，醉中狂笔势澜翻。
>
> 百年寥落何人在？只有华亭李景元。

苏东坡过嘉兴，到景德寺，李甲未必会赶去相聚。苏东坡到白牛村，生活在华亭乡的李甲，应该是他要会面的第一人。

不过也未必。且读李甲见苏东坡景德寺题诗的和诗：

> 翠叶彤竿已占先，湘云千叠势争翻。
>
> 野夫不识天人面，知是虞皇第几元？

哈哈，李甲就只是一个乡野村夫而已。

李甲，自诩野夫，一个与苏东坡、米芾等人相互赏识的书画大家。苏东坡有没有见过李甲，不知道。因为，没有看到过史料记载。

2022年11月22日

1636年的旅行

公元1636年，一个伟大的旅行家将嘉善的秋写进了游记里。

——题记

公元1636年，是明朝最后一个皇帝思宗朱由检登位改元的第九个年头，即崇祯九年。

作为大明王朝的末代皇帝，在王朝大厦历经二百七十来年的风风雨雨，已将倾未倾之时，朱由检以其少有的勤政作为，为大明王朝书写了不同凡响的尾声，留下了一个充满悲怆之情的背影。

崇祯九年的江南，风调雨顺。经过登基即位之初的拨乱反正和随后多年的励精图治，思宗的江南呈现了一派莺歌燕舞的好气象。

一个伟大的旅行家，徐霞客，自幼便有"大丈夫当朝碧海而暮苍梧"的行游天下之宏愿。自二十三岁起，已经在大江南北游历了近三十年的徐霞客，到崇祯九年，已经五十一岁。这一年的再次出行，应该是徐霞客的最后一次远行，目的地是云南。

和以往的出行不同，徐霞客一改徒步而专门雇用了一条船，可能是感觉老病将至，所以这一次堪称悲壮的"万里遐征"，他将凭舟楫而走水路。或许，徐霞客真正能在水上行驶的，也就是在江浙的江南大地。同行的还有一位法号为静闻的法师。静闻法师的师父叫莲舟，是徐霞客的旧友、江阴迎福寺的老僧，曾与徐霞客一起游历了浙南的山山水水，一起到访了浙南名山雁荡山。静闻法师之所以会同行，主要是想去鸡足山还愿。位于云南大理的鸡足山，相传为两千多年前释迦牟尼的大弟子迦叶尊者守衣入定的地方，历来被尊为佛教名刹。一心修行的静闻用自己的血抄写了一部《法华经》，要将之送去鸡足山供奉。

徐霞客和静闻，一个布衣、一个法师。一个是时隔三年以后再次远足，而且是去边陲云南（三年前，徐霞客北上山西遍游了五台山、恒山）；一个是要将自己诵读了二十多年，并刺血书写的《法华经》远送佛教名山去供奉。一俗一僧，一路吟诗说禅，倒也十分投缘。

从家乡江阴出发，已值九月下旬，正是江南仲秋时节。大概是江南秋色宜人，徐霞客绕道去了云间松江，拜访了隐居在佘山脚下的当代名士陈继儒。陈继儒，字仲醇，号眉公、麋公，为明末江南影响甚巨的大儒名宿。在徐霞客的游记里，除了名山大川、寺院庙堂，还有众多高士名宿。

元代大画家吴镇的墓园里，有一个梅花亭，亭内的石碑上镌刻的就是陈继儒在明泰昌元年（1620）撰写的《修梅花道人墓记》。陈继儒记录了万历年间重修吴镇墓和构筑梅花庵的事情，又对吴镇的书画艺术给予了崇高评价，曰"先生书仿杨凝式，画出入荆、关、董、巨"。更重要的内容是，这里留下了他在听闻重修竣工之时，便"乐观厥成，驾扁舟东来，为仲圭先生贺，奠幽澜泉一盂，种梅花数枝于墓侧，招其魂而归之"的字句。字里行间，洋溢着敬仰之情、赞颂之意。

所以，陈继儒在得知徐霞客将西行，就急切地向他介绍起了吴镇与梅花庵。而且，他们还约定，过几年要一道去梅花庵祭祀和凭吊。只是事隔两年不到，陈继儒竟先驾鹤西去了。陈继儒和徐霞客没能同到吴镇墓前祭拜，成了嘉善文化历史的一种遗憾。

告别了陈继儒以后，沿水路西行，徐霞客踏入了嘉善县境。他在游记中留下了这样意思的一段文字：

眉公已写好了给鸡足山的弘辩、安仁两位僧人的信札，并招呼在我们在他家吃早饭。然后我们解缆启碇，航船离开佘山脚下，沿着弯曲延缓的河道向西行，过仁山、天马山、横山和小昆山后进入泖湖，穿过庆安桥来到章练塘。在此再向西为蒋家湾，已属嘉善境内。

进入嘉善后的第一站，便是丁宾的老家——丁家宅。

徐霞客出生于江阴的一个富庶之家，受其父一生不事权贵、不仕为官的影响，除了十几岁那年应过一回童子试外，就再也无意于功名了。但是，对一生以清廉之名而著的丁宾，应该是知晓的。

丁宾，字敬宇、礼原，号改亭，是明隆庆五年（1571）进士，历官至南京右佥都御史兼督操江、南京工部尚书，后累加至太子太保（正一品）。崇祯六年（1633）卒，年九十一岁，谥号"清惠"。

丁家宅是丁宾故里，相传是为防盗贼，丁家在宅第东南西北的水路通道上都安以木栅。所以，又称丁栅，而且一直沿用至今。

徐霞客是在傍晚时分泊抵丁家宅的。

在游记中，他是这样记载的："贪晚行，为听蟹群舟所惊，亟入丁家宅而泊。"又注云："在嘉善北三十六里，即尚书改亭公之故里。"

每到秋风吹起，便是江南水乡河鲜最肥美的时节。其中，最谗人的肯定是螃蟹。渔人捉蟹的簖上，让急急而行的船儿惊吓了一群螃蟹，响起了一阵沙沙的蟹爪爬动的声音。

徐霞客的船是在傍晚急匆匆泊抵丁家宅的。在游记的文字里，我们没有看到停泊以后的活动，比如有没有去买了几只肥硕的河蟹，或者其他的鱼啊虾啊什么的。或许因有静闻法师同行，徐霞客一路也是素食素行的。只是，徐霞客在此专门作注说到了丁宾，倒是真真切切的一种敬仰之情的表达。

徐霞客夜访丁家宅，是在丁宾已经过世三年后。丁宾，以他一生的清廉，赢得了当世和后代永远的敬重和赞颂。

徐霞客笔下写到的嘉善，除了丁家宅，便是西塘。

游记中告诉我们，九月二十五日夜泊丁家宅，二十六日拂晓便游船到西塘。拂晓时分的西塘，人声喧闹、市集繁荣。早在周鼎生活的时代，西塘已是商贸繁华的大镇。在周鼎的笔下，我们就能感受到当年西塘早市的热闹：

旭日满晴川，翩翩贾客船。千金呈百货，跬步塞齐肩。

——《西塘晓市》

在游记中，我们能读到的，只有徐霞客来到过这个水乡古镇的记录，非常简单。

"过二荡,十五里为西塘,亦大镇也,天始明。"

或许是因为徐霞客读到过太多关于西塘的诗文,如元人高启的《舟过斜塘》、明人周鼎的《平川十景》等,而自己只是一个匆匆而来、匆匆而去的旅人,比不得这些先贤高士。所以,竟没有多写一句,只以"亦大镇也"略过。

拂晓时分船抵西塘,至于停泊何处、上岸没有,徐霞客也没有交代。或许,还有一个原因是西塘与江阴同属江南水乡,同为江南水乡古镇,街巷市容相似,甚至风土人情也相近,因此没有被详细记录。而且,从徐霞客笔下"在嘉善北三十六里""十五里为西塘"等之类的文字看,他可真称得上是一名地理学家。

不过,在西塘的大桐圩北,有一名为鹤湖的池塘,传说当年徐霞客曾在此放过鹤。

清末西塘人李正墀在《塘东樵唱》中有云:"霞客游踪自出鲜,半生仗剑踏烟云。晚归小住鹤湖畔,一册编成号见闻。"

虽有诗为证,但就是不知道徐霞客是在何时来到西塘小住的了。

从丁家宅到西塘,徐霞客的船过了两个湖荡,其中一个应该是位于西塘古镇之东的祥符荡。其实,徐霞客在随后的西行去嘉兴禾城的途中,还会经过天凝古镇之北的夏墓荡。

嘉善北境多湖荡,河港水道发达。众多湖荡之中,除了盛产鱼虾鳗蟹等水产河鲜外,沿途的湖荡中,也应该已经"秋容初妆,菱花开未遍,芙蕖又点点"。极目眺望,两岸远近荻花、芦苇、野草、树木层层如染,再远处,田畈上禾苗微黄、村落里炊烟袅袅、鸡犬相闻。

这一派江南水乡的秋日美景，对徐霞客来说定然是感悟良多。相关史料告诉我们，徐霞客在这一次出游过程中，完成有260多万字的游记，而今天我们可读到的《徐霞客游记》只有60多万字。其中除了沿途遗失外，还有不少是后人在整理时删改的。

一路西行的徐霞客，真正到达云南的时候，其实已经是在三年后的崇祯十二年，即公元1639年。徐霞客从江浙出发，经湖广而入云贵，最终到的地方是西南边境的澜沧江、四洞沟一带。其间，来到广西南宁，静闻法师竟一病不痊，阴阳两隔。徐霞客有《哭静闻禅侣》六首言尽痛悼之情，其小引云："静丈人与余矢志名山，来朝鸡足，万里至此，一病不痊。寄榻南宁崇善寺，分袂未几，遂成永诀，死生之痛，情见乎词。"

在日后的游记中，写到徐霞客应丽江知府之托编撰了四卷稿《鸡足山志》，想来也是在替静闻法师了却夙愿。

崇祯十三年正月，徐霞客"两足俱废"，心疲力瘁，再也无力出行，遂被送归老家江阴，次年正月便在家中病逝。

徐霞客用他一生的游历，书写了旷古仅有的伟业。今天，我们能够读到的《徐霞客游记》中，最主要的内容就是这次游历的记录，包括了从江南水乡到西南边陲沿途的名山大川、古寺名刹、名胜古迹以及风土人情。

徐霞客的纯粹，是一种游历山水的自觉，以及他沿途饱览的祖国秀美山川和人文大观的经历。

徐霞客的伟大，则是他凭一己之力，以难以想象的毅力和坚定，为后人留下了一份震古烁今的地理研究成果；以像大自然一样质朴而绮丽的文字，矗立起了一座精美宏伟的游记文学的高峰。

徐霞客是在这一年的秋天，沿着丁家宅—祥符荡—古镇西塘—夏墓荡一线水路来到嘉善的，并留下了一个急匆匆赶路的背影，和水天一色的江南水乡融合、再融合……

2021年9月10日

天下第一等好事只是读书

一个楹联，写尽江南民间耕读传家的治家信条

"世上几百年旧家无非积德，天下第一等好事只是读书。"

这是清朝被誉为"天下第一清官"陆陇其撰写的楹联。

一个家庭，在世间能沿袭数百年而不败落，所依靠的无非就是积德行善。一个人，在人世间要做的第一等好事，归根到底还是读圣贤书、明天下理。积德行善，读书易理，既是励志之言，又是立家之本，诠释了千百年来江南民间耕读传家的治家信条，张扬着千百年来江南民众尚义崇德的人文精神。

公元1695年，也就是清康熙三十四年春天，江南大地处处姹紫嫣红、鸟语花香。康熙皇帝竟然想起了陆陇其，要提名他担任江南学政。在场的告诉康熙，陆陇其已在三年前病故。

皇帝问：何故不奏对？

答曰：七品以下官，向无奏病殁例。

于是，便引出了皇帝无限的感叹，许久才说：本朝如此人，不

可多得矣。

雍正二年（1724），诏谕陆陇其从祀孔庙。

乾隆元年（1736），赐谥号"清献"，追赠陆陇其为内阁学士兼礼部侍郎。

陆陇其以其一生的贞廉忠鲠，既得百姓爱戴，又承皇帝褒扬，而且是受到了康、雍、乾三帝的持续褒扬，实属史所罕有。

嘉善曾经有过一座祭祀孟子的亚圣庙

清乾隆二十二年（1757）状元蔡以台留有一篇《亚圣南祠始末记》的文稿，三十四年奉诏重修亚圣庙时，将其勒石树碑立于庙门口。时任浙江巡抚的熊学鹏题有两匾额："三迁遗教""道承三圣"。三迁，指孟母三迁。三圣，指儒教之孔子、孟子、颜子。

蔡状元在文中详细记录了亚圣南祠建造、迁移的历史。

宋室南渡，儒教的两大标志宗祠都随扈先后来浙境落户。

南孔迁衢州，南孟迁苏州。

元末，孟祠再移枫泾。

明嘉靖三十二年（1553），孟祠又移嘉善"永七区丰字圩"，即县学孔庙之南，名"亚圣庙"。

移建嘉善县城的孟庙，规模"仿邹庙式"，设计要建正殿、正寝、两庑、邾国公（孟父）殿、宣献夫人（孟母）殿、启贤门、钟灵门、毓秀门、继往圣坊、开来学坊等。虽奉诏并拨银，但因"湫隘迫促"，两年后亦仅建有前殿亚圣殿、后殿启贤殿等。后世几经圮废、修建，清光绪三年（1877）邑集赀重建，次年恢复建成正殿、后殿。

明清至近代以来，孟庙的存在，始终保佑着一代又一代勤奋和努力的莘莘学子。

明宣德七年兴建嘉善县学学宫

明宣德五年（1430），嘉善建县。七年，汾湖义民陆氏坦献地，知县郑时兴建儒学，即学宫。陆坦又捐金三百有奇建礼殿（大成殿），越明年孟夏落成。

而后历经百年之久，终于建成了"甲于诸邑"的壮丽学宫。有大成殿、明伦堂、聚乐堂，有启圣祠、崇圣库、兴文土地祠，有名宦祠、乡贤祠，有儒学门、谒圣门、棂星门，有仰高亭、敬一亭、静寿亭和动乐亭，还有崛山、泮池、宫墙。

梳理县志所载，自清康熙年间以后，先后在大成殿恭悬的御书匾额有："万世师表"（康熙二十四年1685）、"生民未有"（雍正五年1727）、"与天地参"（乾隆五年1740）、"圣集大成"（嘉庆四年1799）等，从中或许也可见得嘉善科教曾经的辉煌。

时至今日，在学宫旧址依然还能看得到种植于明宣德年间的一株古老如虬的柏树，它已经陪伴着一代又一代学子近六百年。

1995年版《嘉善县志》的"教育"编中有两张表格，分别汇总了"置县以来历朝科贡情况"和"明清两代巍科人物题名录"，从明宣德五年（1430）置县，到清光绪三十二年（1906）科举取士停止，嘉善累计登第进士187名、举人510名、"五贡"493名。其中，巍科人物11人次，在嘉兴府所属七县40名巍科人物中占比27.5%，是全国出巍科人物最多的26个县之一。

不该遗忘了已经埋没在故书堆里的那些乡村义塾

宋元以来，境内的乡绅、富户将兴办义塾作为积德行善的义举，让贫寒子弟能免费入学，让耕读传家成为一种社会风气。

首先要说到的是陶氏义塾。

南宋绍兴年间，保义郎陶文幹自姑苏迁居柳溪，兴建南陶庄、北陶庄，从此陶庄镇便世家鼎峙，桥亭相望。陶家义塾的开设，让嘉善境内开始拥有了面向贫寒子弟入学受教的机构。这是嘉善有史料记载的最早的一所义塾。

元代，志史记载建有两所义塾，一所是吴森捐田200亩在魏塘创设的吴氏义塾，一所是戴光远献良田500亩在清风泾创设的戴氏义塾。

明正德年间，献地建县学的汾湖陆氏家族陆坦之子陆琦，在汾湖南岸献田500亩创设了陆氏义塾。

入清以后，志书记载的义塾还有：清康熙年间知县于舜枚在魏塘创建了西义学，嘉庆举人魏行在西塘创设四贤祠义塾，道光年间邑绅程学珠捐田500亩建程氏义塾，光绪年间知县江峰青倡议并集募200亩学田在罗星台东建东关外义学。另外，有钱氏人家在魏塘杨王庙设钱氏义学。

义塾作为县学、社学的补充，和私塾相比，虽然设施条件更为简陋，教学内容、形式更为简单，但是，播撒耕读传家的种子更为广泛，对社会的教化也更加深入、更加普遍。义塾的存在，让琅琅书声在广阔无际的田野上空持续飘荡成为可能，成为现实。

明清时期遍布城乡的藏书人家

"草堂人静有书声","虽三家之村必储经籍"。

清光绪《嘉善县志》记载,《四库全书》收录善邑著作有16种422卷,另有49人58种著述580卷存目。

在旧志的故纸堆里,我们可以发现和梳理到那些曾经影响广泛的书楼印痕,以及已经湮没的藏书人家的踪迹。

明清两代嘉善全境的藏书人家众多,影响广泛的书楼、书屋有:周鼎的桐村书屋、姚绶的丹邱书屋、徐善建的杉泉书屋、曹庭栋的二六草堂、丁桂芳的泊素园书楼、孙琮的山晓阁、谢恭铭的望云楼、程文荣的茹古楼、程维岳的淞笠斋、戴宾的四咏阁、郁鼎钟的心香阁、施椅的书龛、倪源曾的混碧草堂等。

明清两代嘉善的士绅人家,除了家有万卷藏书,往往还著述丰富。自号"桐村"的明代西塘人周鼎,既是学者,又是藏书家、书画家,其绝句独步江南,被誉为巨擘,有《桐村集》《疑舫集》《土苴集》等著作行世。清人曹尔堪是"柳洲词派"的代表人物,著有《南溪词》《南溪文略》《杜鹃亭稿》《南溪词文略》等。清人曹庭栋有藏书楼两处——二六草堂、幻不壬屋,著有《产鹤亭集》《昏礼通考》《老老恒言》等。

此外,还有不少祖孙几代相继传承的藏书人家。如明大画家姚绶家族,其父姚黼、其孙姚惟芹,都是既藏书又著述。又如清人丁嗣徵、丁桂芳父子,谢堳、谢恭铭父子,程廷献、程文荣父子等,都是既有成千上万的藏书,又有各自的志趣。

遍及城乡人家,能够找到的还有:明代陈山毓、潘炳孚、顾尔梅、沈师昌、沈衡等，清代周升桓、黄安涛、钱源来、周震荣、钟文烝、吴炳、沈景谟、陈唐、金福谦、夏叙典、张雍、孙灿、陈汝梅、浦镗、丁维时等。

"有清一代藏书，几为江浙独占。"作为江南文化的一个独具个性又形态丰富的小县，从明至清历代，嘉善城乡各地的私家藏书绵延数百年，在文化传承和弘扬的同时，培养和哺育了一代又一代文化精英，既让人无限流连和徜徉，又让人充满崇敬与向往。

2023年5月17日

只影向谁去

——明朝万历年间嘉善的一些人与事

公元1572年，十岁的皇太子朱翊钧登基即位，次年改元，开启了大明王朝长达四十八年的万历时代。

在大明王朝近三百年的历史上，第十二代嘉靖皇帝朱厚熜，第十四代万历皇帝朱翊钧，按辈分计算，可算是爷孙两代，是大明王朝在位时间最久的两代皇帝，史称世宗的嘉靖皇帝在位四十六年，庙号神宗的万历皇帝在位四十九年。

这两个皇帝还有两个相同的地方。一是登基即位前期都有所作为，分别被史学家称为"嘉靖新政""万历中兴"。二是在位后期，嘉靖皇帝因"壬寅宫变"而迷信方士，二十多年长期不理朝政。万历皇帝因立太子而与众大臣僵持对立，竟长达二十八年不曾上朝。嘉靖皇帝不理朝政，终使朝纲腐败、民不聊生，且"南倭北虏"困扰始终。万历皇帝不上朝理政，在内党争不绝，在外边祸加剧，终致大明王朝大厦在随后不到三十年就哗啦啦地倾覆了。

明朝的万历年间，嘉善的一些人和事是非常值得细说的，既能见与朝政相关之事，又可言地方的掌故和风物。

万历二十一年，袁黄被削职后
退出官场而归隐乡里，参与编修县志

万历二十一年，也就是公元1593年，以兵部主事在朝鲜参谋军事的袁黄，因与主帅提督李如松不合，被列十罪而受到调查并免职。于是便退出官场，成了一介平民。最后，归乡而迁移去了吴江的赵田村隐居。

曾经是嘉兴万历初三名家之一的袁黄，年少时聪颖敏悟，卓有异才，是何等意气勃发、倜傥风流。万历十四年（1586），袁黄考中进士。十六年，被派任宝坻知县，"以清俭律身，以慈仁抚众，以恭逊事上，以正大睦僚，以礼法训士，以严明驭胥吏，以至诚格鬼神"，被誉为宝坻两百年来所未有之"良牧"（明邳赞《刻〈宝坻政书〉序》）。

纵观在仕途的袁黄，好像除了在宝坻的作为以外，其在官场上的运气并不见得有多好。早在入仕之前，袁黄就在张居正府上做过幕客。但是，因与张居正在一些具体事务上的看法分歧，不久便离开了张府。登第入仕后，奉查苏松地区的钱粮，辛辛苦苦撰写了长长的一篇《苏州府赋役议》，详陈实情，细析缘由，且有十余条呈请上报。只可惜从朝到野的各种积弊太深，又因一众官吏奸猾掣肘，终使其条议"沮格不行"，令人慨叹。而让袁黄最终绝止于仕途奋斗的，便是在朝鲜抗倭时与主帅李如松的矛盾冲突，最终，他被罗列有十宗罪而削职罢官。

在袁黄留下来的文字中，有一段对其仕途遭遇的很无奈的感喟："仆昔从征海外，未谙时态，动辄忤人，实欲委身报国，而当事者习成欺套，仆不忍见，竟致苍蝇肆点、黄金遭烁，默默南归。抵家之日，妻孥泣迎，友朋交慰，从死中得生，惟觉其乐，不觉其苦也。"（《与丁衡岳书》）细细读来，除了无可奈何的感叹，更多的还是自得其乐、苦中求乐的自我安慰。或许，这倒也正合了袁黄的性情。

袁黄归乡后，远远地去了吴江乡下的赵田村。用简单的词汇来解释袁黄的归隐之举，好像不容易。在被后世奉为经典的"四训"之中，最让人提及的便是袁黄"命自我立"的思想。人的命运，是可以通过自己的努力来改变的。而袁黄的努力就是积善改过，就是立志而行。依照袁黄的思想和行为，他是一个积极的奋发者，更是一个主动的有为者。也正因如此，袁黄在《赵田新居》的八首诗作中，除了用茅屋、松竹、风露、夕阳、荒台、浮萍、湖水等来写生活的寂寞清冷，还能读到他始终无法释怀的那份热衷与希冀："意气老犹壮，高歌对夕阳。""生意谁寥落，高飞亦有期。"

袁黄的削职罢归，对一个像他这样的人来说，肯定是一种超常的打击。并且，对袁氏家族而言，也是一场巨大的变故。嘉善袁氏由曾经的辉煌，从此进入了沉寂与无奈。

清道光三十年（1850）进士，袁氏十三世孙嵩龄在《赵田袁氏家谱续刻叙》中有云："经家难，迁徙流离，遂渐衰弱。"从袁黄高祖袁顺开始，因"博学善谈"而在地方上有一定的社会影响，乃至于留下了袁顺让儿子袁颢在嘉善建县时参与选地定治的传说。年方弱冠的袁颢经考察后，发现魏塘比西塘更适合为县治。西塘水势倾斜，且非扼要之地。而魏塘东通海上，可为嘉兴府东境的一个藩屏之地，军事上可以有所倚重。且此地商旅往来辐辏，可汇集而成一个商贸中心。而后的称土定治的演绎，或许更多的是为了民间大众的认可与接受。

对嘉善袁氏家族而言，袁顺的故事更精彩的是发生在靖难之役时。建文四年（1402），燕王朱棣兵临南京城下，惠帝一面议和，一面遣黄子澄等与苏州知府姚善联络，以祈江南各地起兵勤王。未料兵未起而京城已陷落。姚知府与苏州共亡。袁顺作为姚善的密友，被官府追逃至吴江城北门，赋绝命词后投江自尽。幸得有好义之人相救，才保全了性命。后来听闻黄子澄有一子藏匿于乡下，于是便有了新版"赵氏孤儿"的演绎。袁顺寻得了黄子，并相携而逃去了湖广，一直到危机解禁了才得以回乡。袁顺，从此以作童子师为生。

靖难之役对袁氏家族最大的影响，就是许多的家产都被官府没收，还有不少的地产被他人占用。危机过去后，官府退还了不少地产。对被占有的家业，袁顺让富而有力的归还一半，另一半算偿还佃费；让有意拖欠的还十分之二三；那些完全依此生存的，不要求退还。如此，袁家本来四十余顷田产，实际只退还了十分之一。等到袁顺临终的时候，又都散给了族亲中的贫弱之家。

按清咸丰修的《赵田袁氏家谱》载，袁黄真正选定住在赵田的时间应该是万历二十三年（1595）。在吴江赵田村里居住的袁黄，表面上看是远离了官场，生活得寂寞、清冷。而其实，到第二年，袁黄归乡以后就参与了一件重要的文化事件：与盛唐等人完成了万历《嘉善县志》的编纂工作。

在翻阅县志上盛唐的传略时，随手涂鸦的是这样的文字："妄议"之徒，官越做越小，然气节超拔。

关注到盛唐这个只做过御史的人物，是缘于对他的处世之道的欣赏。盛唐，字元陶，号南桥，明代御史，魏塘镇人。明嘉靖十七年

（1538）进士，历任湖广道御史、湖广布政司照磨、湖广副使。万历年间与袁黄共同主笔修撰《嘉善县志》。

万历志又称为"章志"，是因当时的知县叫章士雅。全志共列12卷、9志、8图及20分区图，分52目，计12册。志书资料翔实，内容丰富，尤其是记载重粮赔亏之详情，创绘全县20区之详图（现存16图），堪称存世志书之佳作。

一个超凡脱俗，一个屡遭家难，盛唐与袁黄会如何借志而立史，应该是可以有相当广阔的想象空间的。

四百多年以后，再读章志，我们或许已经不必太在意袁黄作为主笔的那些心思。无论是义薄云天的义士袁顺，还是后来成为医术精湛的神医袁颢，以及袁祥、袁仁等家族其他人物的所作所为，包括那些故事和传说，都在这里成了后世津津乐道的"历史"。袁氏家族在随后的两三百年时间里，随着政治时事的起起落落，在地方的名门望族之列不断兴衰和变迁。

十年后，也就是万历三十四年（1606），袁黄在他卜居的赵田村离世，享年七十四岁。

万历二十九年，谢应祥任职嘉善县令，募修了吴镇墓

明正德七年（1512），县令王德明在儒学大成殿正南戟门外，左建名宦祠，右建乡贤祠，东西相向。

清嘉庆三年（1798），县令万相宾将两祠迁建于奎星阁之后。

名宦祠，顾名思义是祭祀有名望的官员的。依清光绪《嘉善县志》所载，嘉善建县以后，历代入祀名宦祠的知县共有17人，

明13人、清4人。

明万历二十九年（1601）任职嘉善的谢应祥，便是其中一个。

谢应祥在嘉善任职六年，廉政爱民，平和持正，有很好的官声、很高的威望。清光绪《嘉善县志》"名宦传"云："先是，邑中赋役贫富不均，应祥乃立照田役法，豪右不能漏税，细民不至赔累，民德之。"他在任的最后一年，重修元代画家吴镇墓时，县里士绅恭请谢应祥题写墓碑，让一代好县令留下了世代得以观瞻的痕迹。碑文为篆书："此画隐吴仲圭高士之墓"，上款"豫章谢应祥题"，下款"万历戊申岁立"。

相传吴镇生前曾自题有一块墓碑，现已残断，收藏于吴镇纪念馆内。墓碑上书"梅花和尚之塔"，且还书写有"生于至元十七年庚辰七月十六日子时，卒于至正十四年甲午九月十五日子时"。史称吴镇除诗书画"三绝"外，还精于天人性命之术，故而能卜知生死。按《义门吴氏谱》记载，吴镇与其兄元璋不仅能卜知生死，还能预言未来：

公尝墓上吟曰："老子生平学蓟丘，晚年笔法似湖州。画图自写梅花号，荒草空存土一抔。"吟罢笑谓兄元璋曰："百年内有官人住吾宅，居民侵吾园矣。"元璋曰："二百年内有人学汝画，三百年内官人稍葺汝墓，后人稍读吾与汝书，后当以吾汝术济世者。嘻！"

其谱经考证确认系吴镇胞兄吴瑱后裔续修于清初。所以，上引之说更多的应该是编修者臆撰的。不过，从中也能读出这些史实来：一是吴镇一生孤傲，如志传所云"性高介"；二是吴镇死后"百年"，嘉善建置，在已废的吴氏竹庄址设建县衙；三是吴镇死后"二百年"及至"三百年"，吴镇的绘画地位不断被肯定、推崇，不仅墓穴被修葺，而且还专门募建了名为"梅花庵"的墓庐，让人守墓。当然，这里所谓的"百年""二百年""三百年"，都是当不得确数的，只可理解为概数的，是个大概的意思。

谢应祥到任嘉善县令是万历二十九年（1601），已是吴镇逝世二百四十多年了，吴镇以其诗书画"三绝"已经名列元代四大家之一。所以，早在正德年间（1506—1521）以县丞之位领县令之责的倪玑，就已在墓前筑亭。至万历年间（1573—1620），先后有筑亭、建庵者再三。谢应祥在《修梅道人墓记》中是这样写的：

忆初下车时，搜延境内懿迹，仅寻得陆敬舆祠，锦官村落。越六年，乃得仲圭。虽然敬舆犹楚材，况暗素可不错，如仲圭实隐然辟晋也。

因此，谢应祥重新修筑了吴镇的墓，使后之来凭吊的人，不再因迷途而找寻不见。

邑人周鼎诗云："梅花庵戏墨，零落满人间。纸坏山逾润，云空鹤未还。野园荒冢在，文碣古苔斑。结伴寻幽去，聊乘半日闲。"（《梅花道人墓》）倒是能感受得到当年吴镇墓、梅花庵一带的荒凉与冷偏。所以，才会有谢应祥在任六年后方才寻得吴镇之墓。在今天看来，简直是不可思议的。

因为有了谢应祥对墓穴的修葺，才会有后来的建庵而为守墓之庐，才会有松江陈继儒《修梅花道人墓记》中所记载的邑绅钱士升捐赀鸠工，畚土甃石。在墓前植松以封。又筑堂三楹、亭三楹和僧舍五楹，并请董其昌书其榜"梅花庵"。如此，吴镇墓、梅花庵的布局便留存至今而基本不变。听闻吴镇墓、梅花庵等重修厥成，陈继儒竟不顾年老体弱，专程驾一叶扁舟赶来，"为仲圭先生贺，奠幽澜泉一盂，种梅花数枝于墓上，招其魂而归之"。字里行间，洋溢着无限的敬仰之情、赞颂之意。

谢应祥的募资修墓，钱士升的捐筑庵庐，陈继儒的植梅祭奠，或许要算作是万历年间不该遗漏的文化事件。而且，是相当重大的事件。

万历四十四年，嘉善举子五人登第进士榜，钱士升列第一甲第一名

清光绪《嘉善县志》卷三十四"祥眚"载："明万历四十四年丙辰，春，慈云寺殿柱产芝三本。是科，钱士升状元及第。"

明万历四十四年，也就是公元1616年，是嘉善历史上科考最显耀的年份。是年春闱，嘉善举子登进士榜的多达五人，其中名列一、二甲的三人。钱继登、钱士升叔侄两人，一个是会试魁元，一个是殿试第一。

李勇先生在他的《魏大中传》一书上，有这样一段生动而明白的文字：

万历四十四年（1616）春，当慈云寺殿柱异乎寻常地长出了三株灵芝时，可以想见百姓争睹的轰动。这一不算特别罕见的祥瑞，因慈云寺

而分外灵验。大致在春夏之际，关于春闱的喜讯接踵而至：先是会试，嘉善登会榜者多达五位。数十天后，一杆黄纻丝的大旗，金书"状元"两个大字，在鼓乐吹打声中冉冉而来。是年，嘉善钱士升殿试第一，成为建邑以来首位状元。

相传始建于三国东吴的慈云寺，是"邑之首刹"，千百年来一直是民间精神寄托的圣地。这一年的灵芝祥瑞，便成了百姓美好祈愿的象征。科考，是百姓实现美好愿望的重要途径。嘉善虽然只是一个小县，但科第之盛却"甲于诸邦"。自唐至清，有记录的嘉善进士及第者共213人，绝大多数是在明后期至清代。按巍科人物计，嘉善是26个巍科大县之一。

万历四十四年的春夏时节，从慈云寺里生长的3株灵芝，到接踵而至的春闱喜讯，尤其是钱士升的状元及第，嘉善城乡肯定都沉浸于喜气洋洋的氛围之中，民间百姓的茶余饭后，谈论得最多的肯定是神奇的祥瑞之物：灵芝。

查阅县志，明清两代竟有如此祥瑞之物生长的记载达9次之多，其中有生1株的，也有生6株的，多数为生3株的。而万历四十四年慈云寺里的3株祥瑞之物，是最神奇和灵验的。自宣德五年（1430）建置，至正统七年（1442）项忠登第，成为建县后第一个进士，到万历四十四年丙辰年钱士升状元及第，另外还有魏大中、钱继登、周宗文、潘永澄4人进士登科，嘉善在科举史上留下了最有影响力的一个符号："丙辰科"。

县志中，"丙辰科"的嘉善进士中4人有传略。魏大中、钱士升因"勋名彪炳，卓越等伦"而列传略于"名宦"，钱继登、周宗文属"自宋迄今，碑传彪炳，不乏迈伦之绩"的人臣，列传略于"宦业"。没有列传的潘永澄，由"科贡表"内的附注文字可知，字默庵，曾出任福建兴化知县，有政声。去职归乡后，参与县志编纂事务。虽然我们无法找到更多可查的史料，也弄不清潘永澄参与修纂的是哪部县志，但有一点是可以肯定的，万历四十四年登第的嘉善进士，都有可圈可点的业绩，都是名垂青史的人物。他们以自己的才学、胆识、声望乃至性命，为嘉善历史书写了独具人文价值和文化精神的一页，光耀千秋。

有"大明三百年第一人"之称的忠烈之士魏大中（字孔时，号廓园），历官行人司行人，工、礼、户、吏各科给事中，都给事中等。以其忠诚、耿直和悲怆，用生命书写了对君王满腔的忠诚，对天下苍生满怀的执念，让东林党人胸怀天下、心系苍生的书生意气，幻化成了一种无愧于天地的高尚与珍贵之情。魏大中的悲愤赴死，让他的儿子魏学洢也用生命去书写了千古绝唱的孝悌，感天动地。从此，矗立在县城繁华街头的忠臣孝子坊，无尽地叙说着魏氏父子的大忠大义。

钱士升（字抑之，号塞庵）是嘉善建置以来唯一一个既是状元及第又官拜为相的人物。只可惜，身处明清两个朝代更替的乱世，即使位高权重，即使满腹经纶，除了悲怆，也只剩下哀怜。从一个在朝堂之上的阁老，成为一个在放下庵里的居士，钱士升走过了千山万壑，放下了悲天悯人，最终与青灯相伴。

周宗文（字开鸿）是以御史之名留于志史的，先令清江，再选入西台（御史台），敢持大义，在朝疏请弹劾阉党之祸，在野关爱照应受难人家周全。明亡后，坚辞不起。

钱继登(字尔先,号龙门)是当年的会魁,与状元郎钱士升叔侄两人同科登第,这是嘉善历史上绝无仅有的荣耀之事。授职刑部主事,后转任员外朗,旋升郎中。后任饶州太守,擢江西学道。有清名,敢担当,是一代能臣。入清后,归隐东郊。

"渺万里层云,千山暮雪,只影向谁去?"

让明万历年间发生的那些事,无论是大到朝堂之上,还是小到嘉善一隅,该有多少的感喟,说来,或者说去,又能说出多少的惊天动地、多少的哀号悲鸣……

2022年9月27日

明时何复赋离骚

——宋韵嘉善·人物（一）

陈舜俞，让白牛村成了一方清风胜地

北宋熙宁五年（1072），在江西监督南康军盐酒税的陈舜俞，第二次弃官归隐，来到了秀州华亭县的白牛村。据说，陈舜俞自号为"白牛居士"便缘于此。民间传闻，归隐白牛村的陈舜俞，"日跨犊以穷林塘之趣"，每天骑着一头白牛，在乡间穿行，悠哉游哉，其乐无穷。

陈舜俞的骑牛故事，首先需要交代的是，他在江西庐山和当时的大学者、太傅刘涣双双骑着黄牛游历的事。那是屯田员外郎并山阴知县的陈舜俞第一次被贬职到了江西南康，时间在熙宁三年（1070）。陈舜俞就这样骑在老牛背上，用了60天时间，览遍了庐山之景，穷尽了庐山之胜，写成了为后世所赞誉的《庐山记》。陈舜俞的《庐山记》共8篇5卷，其实是一部详尽记述庐山地理环境、名胜古迹的著作，也是一部在我国文献学术史上具有重要地位的山川之志。清《四库全书》史部地理类山川之属的著作共7

部，《庐山记》得以跻身其中，且有"此书考据精核，尤非后来《庐山纪胜》诸书所及"的评价，既可见其著述之严谨，又可见其历史价值之珍贵。

陈舜俞的骑牛，或许真的是一种文化符号。除了在庐山骑牛写《庐山记》外，还留下了他著名的诗作《骑牛歌》："我骑牛，君莫笑，人间万事从吾好。"诗挺长，而且很直白，写得自得其乐、无所忧虑。而让陈舜俞骑牛成为千古流传的趣闻佚事，有一个人的功劳是万万不可抹去的，那就是北宋的大画家李公麟。在中国绘画史上，单凭一卷《五马图》，就足以让李公麟成为不朽人物、百世之师。李公麟善画人物，尤工画马，据传还依陈舜俞骑牛的传闻，画有一幅《骑牛图》。有此一图，不仅留下了陈舜俞骑牛的故事，更为可贵的是还留下了陈舜俞的形象。按生卒年份计算，陈舜俞长李公麟二十多年，当李公麟成为行家里手的时候，陈舜俞自然已是须发飘飘，垂垂老矣。

真正让陈舜俞绝意仕途的时间，是三年以后即熙宁八年（1075）的再次被贬。他归居于白牛村中，潜心于著书立说，但年岁已高。也正因此，陈舜俞在白牛村骑白牛的故事，就有了凭空杜撰一说。其实，陈舜俞有没有骑白牛倒真的无所谓。重要的是，因为陈舜俞的归隐并终葬，让白牛村演绎成了一方千古清风的胜地。在清光绪《重辑枫泾小志》卷一"区域"中，开宗明义地告诉人们枫泾的由来："清风泾，旧名白牛村，宋陈舜俞隐居于此。后世仰其清风，故名。后名风泾，今曰枫泾。"

作为北宋的社会名流，陈舜俞逝世后，司马光、苏轼、梅尧臣等赋诗吊唁，三年后苏轼还专程到墓前哭祭，并写下了让陆游评之为最哀伤感人的悼文。及至五百年后，明正德年间嘉善修筑了专门褒奖陈舜俞的表贤祠，太常寺正卿吕常作《陈令举福源庵墓祠记》，高度概括了陈舜俞的才华、品德和作风："嗟夫！先生之不可及者三：高才耀冠制科、谠言不阿时相、敝屣以视浮荣。"

陈舜俞在庆历六年（1046）中进士，嘉祐四年（1059）参加皇帝亲自主持的人才选拔考试获得第一。陈舜俞在山阴县令任上，不仅抵制宰相王安石的"青苗法"，而且还上疏抗辩。他无论是为官还是隐居，一生清贫，素食布衣，艰苦朴素。

也正因此，后世历朝历代，大凡到嘉善、嘉兴任知县、知府的，都会对其以诗词或以祭文的赞美，以追思先贤的品德，弘扬先贤的精神。嘉善，也因此而成为"冠乎七邑"的"节义"之地。

陈舜俞，字令举，号白牛居士。"令举一抔之土，沦于灌莽，即泾曰清风，乡曰奉贤"（明崔维华《枫泾表贤祠重修记碑》）。如果不是因为陈舜俞，清风泾或许就不会名为"清风泾"，白牛村也就只是一个村名而已。

柳约，一个空掷满腔忠君报国热忱的意气书生

北宋的靖康之变，是中国历史上少有的大事件。

柳约，一个书生意气的殿中侍御史，以一个"三镇不可弃"的论断，力主抗金，成为北宋靖康年间少有的铁血忠臣。

靖康元年（1126）正月，金兵进至汴京城下，逼宋议和，要求黄金五百万两、银币五千万两，并割太原、中山、河间三镇。柳约的那个著名论断，该当发端于此。

同年八月，金兵再犯，三个月后便攻克汴京。上一年刚刚从禅位的徽宗赵佶手里接掌皇权的钦宗赵桓，只能亲至金兵营中议和，不料竟被拘禁为俘虏。汴京沦陷后，除徽、钦二帝外，还有赵氏皇族、宫中嫔妃和朝中公卿权臣等三千多人，被掳北上，京中公私财物、积蓄被抢掠一空。这便是史上所谓的"靖康之变"。到高宗赵构在江南偏安以后，"靖康之变"遂成了南宋王朝念念不忘的靖康之耻。也正因此，将偏安江南的首都名为"临安"。

"山外青山楼外楼，西湖歌舞几时休？暖风熏得游人醉，直把杭州作汴州。"（林升《题临安邸》）这是一名出生于北宋、生活于南宋的诗人写的诗，书写着的是几多的感慨、几多的无奈。

金兵逼宋议和割让汴京北部三镇的时候，赵构是以亲王之尊赴金营帐中为人质的。只因金帅以为赵构不是皇子，所以换了五皇子肃王赵枢。肃王到金人营中，便许诺割让了三镇。

没有做成人质的赵构，竟在南逃的途中被拥立成了赵宋王朝的新君。在南京应天府（今河南商丘）称帝，做了南宋的第一位皇帝。

宋室南渡，在后世的史书上有正反各种评说，而有一点是相对一致的，那就是其对江南文化的促进具有积极作用。

在赵构从南京逃到平江（今苏州）的时候，已迁升太常少卿的柳约，上了一份言"兵可进，毋退以示怯于敌"的奏疏。也正因此，柳约受命以镇守刺史之职，在严州书写了他一生中最辉煌的一页："于横溃中屹保孤城，悉力捍御，境内安堵。"

在赵构南逃的途中，已经很少有人像柳约那样，始终饱含满腔的精忠报国之情，不辞难，不避事，不言退，一无顾避，悉力捍御。柳约屹保孤城,严州抗金并力主聚兵收复失地的作为,不仅让赵宋王朝收复并守住了江南,而且还将自己的名字铭刻进了北、南两宋抗金英雄的名录之中。

赵构作为南宋的开国之君,是徽宗的第九子、钦宗之弟,被封为康王,终其一生之所为,就是"求和、偏安"。江南终于太平了,像柳约这样的主战人物在功成名就以后,被"以敷文阁待制食祠禄",放置于享受优厚礼禄而无实职事务的位置上养老去了。

在南宋高宗赵构的任上,岳飞抗金的故事流传千古,既慷慨激越,又悲怆愤懑。曾经壮怀激烈、英姿勃发的柳约,满怀着精忠报国的热忱,满怀着碑传彪炳的豪情,只可惜生在了让无数英雄气短的年代,除了感慨,除了叹息,还能有什么啊!

柳约,终究就是一个满腹经纶的羸弱书生,意气风发,但只能独自悲切。

柳约(1082—1145),字元礼,姚庄人。北宋大观三年(1109)进士,历官监察御史、太常少卿、严州刺史兼浙西兵马都监、户部侍郎、敷文阁待制等。

娄机,正言正道是你几十年在朝为官的密码信号

嘉泰元年(1201),南宋偏安江南半壁江山已经有七十余年。

大概是一种复国的冲动吧,以当朝宰相韩侂胄为首的一群朝中权臣,倡议"开边"北伐,收复中原失地。

刚被擢升为监察御史的娄机,此时竭力劝阻,成了朝中反对北伐征讨的代表性人物。

志书有云："机极口沮之，谓恢复之名非不美，今士卒骄逸，财力未裕，万一兵连祸结，久而不解，奈何？"以收复失土之名北伐中原，是一件大快人心的好事。但是，现如今兵卒骄逸，国库财力未裕，仓促北伐，万一战事旷日持久，就会祸国殃民。到时，又将如何？所以，娄机以为当务之急应是"广蓄人才，积财备物"。

但是，娄机的主张不仅没有被采信，反倒还要被诏遣去荆州、襄州两地谕宣北伐。这是怎样的一种窘境和尴尬！娄机选择了抗拒。他直截了当地回绝了这份差使："使往慰安人情则可，必欲开边启衅，有死而已，不能从也。"倘若让我前去慰问安抚人心，可以的；若是要我去谕宣开启战端，那是宁死也不会去的。

北伐之战依旧开启了，而且还取得了泗州大捷。

战事愈进，娄机反倒更加忧心忡忡，就怕进锐退速，兵祸愈深。

如此不合时宜的一个老臣，除了被罢官，还能如何。直言正道的娄机在年届七旬、为官四十年后被去职。

接下来的故事已经到了开禧二年（1206），宋金之间又一次上演了兵败求和的情节，好战逞勇而至祸殃之灾的宰相韩侂胄被诛。

老臣娄机召回任职吏部侍郎兼太子左庶子，后又迁礼部尚书，擢同知枢密院事。还朝后的娄机依然是直言不讳，行以至公。特别是为朝堂之上的人物进退，"不市私恩，不避嫌怨"，磊落、光明。正是娄机等众臣的勤勉与无私，让南宋迁来临安以后半壁江山逐渐砥定。

娄机是在乾道二年（1166）进士登第的，这年三十四岁。登第之初，其父戒之曰："得官诚可喜，然为官正自未易尔！"此言斯诚，也正是娄机在朝为官四十余年的密码信号。

翻阅旧志传记中记录下的，娄机生前除了是一个正言正道的直吏能臣外，还是一个学识鸿博的小学大家、史学家，以政绩封侯，凭作为拜相，还有用学识垂名青史，永远为后人敬仰。

娄机（1133—1211），字彦发，南宋乾道二年（1166）进士，历官盐官尉、礼部尚书、同知枢密院事，卒后追赠金紫光禄大夫加特进，官居正二品。

百恨寂寞秋草墟

——宋韵嘉善·人物（二）

绍兴年间，陶文斡从姑苏迁居柳溪净池漾

村落成行市井连，日中云集自年年。

刀锥有利图衣食，贸易无人索税钱。

渔鼓画桥杨柳外，酒旗茅店杏花前。

陶家义塾闻相近，教子何须孟母传。

这是元代诗人杨维祯写陶庄的诗句。南宋高宗绍兴年间，保义郎陶文斡从姑苏迁居柳溪，在净池漾边建楼筑亭，有南庄、北庄。从此世家鼎峙，桥亭相望，因而名之为"陶庄"。所以，在元代诗人的笔下，兴盛于宋朝的古镇陶庄，呈现着的已经是一派繁荣与发达。

一个人，或一个家族，可以影响和改变一个地方，而且能够相当持久、长远——因为陶文斡的迁居，柳溪兴盛汇聚成了一个市镇，而且还被改称为"陶庄"。

陶文幹从姑苏迁来陶庄的时间，是"宋绍兴中"。那是南宋高宗赵构的年号（1131—1162），前后长达三十二年之久，已经无法考究具体的年份。不过，按理应该是在陶文幹退休以后。事实上，对陶文幹本人及其家族，可以找到的史料也极少。清光绪《嘉善县志》卷四"冢墓"有这样一段文字，大概可以算是能见到的关于陶氏家族情况仅有的史料记载了，抄录于此：

保义郎陶文幹墓 《浙江通志》：在妙员山陶庄市后。明弘治间为盗发，得石《志》云：宋淳熙十四年，新监镇江府榷货务都茶场门陶达自为志，葬其父文幹于此。

首先，需要说明的是"保义郎"。这是个武职官名，在北宋徽宗赵佶政和六年（1116），定武职官阶为五十二阶，改右班殿直为保义郎，列第五十阶。南宋高宗时，保义郎在武职五十二阶中，依然列第五十阶。保义郎品级不太高，但很尊贵。皇上微服出行时，让别人称呼自己为"保义郎"。

其次，是南宋淳熙十四年（1187），陶达葬父于陶庄镇北妙员山。那么，或许可以确定是年为陶文幹卒年。

再次，是陶文幹之子陶达的职务：新监镇江府榷货务都茶场门。榷货务都茶场是宋代署理茶盐税务的官署，在南宋财政经济中具有相当重要的地位。绍兴年间，宋金战事重起，为了便于筹集军饷，淮东、淮西总领所兼提辖榷货务都茶场。乾道七年（1171）闰十月，诏令榷货务都茶场拨隶户部，与左藏库、文思院、杂买场并称"四辖"，兼涉盐事、酒事、楮币事。是不是可以这样来理解，陶氏家人所做的官职都不大，品阶也都挺低，但却非常尊贵，而且还相当重要。也正因此，陶庄因陶家而繁荣、发达就顺理成章了，陶庄成为"溪中第一镇"也就不足为奇了。

陶氏家族在陶庄的作为，除了让陶庄兴盛为商贸繁华的市镇以外，更应该让后人记忆的是开设陶家义塾。这是嘉善境内有史料记录的第一所义塾。元人杨维祯的诗中对陶家义塾的肯定和赞赏，让我们听到了近千年来始终与柳溪相伴的琅琅书声。

陶家义塾的开设，让幼童的琅琅读书之声，成了陶庄这一地方诗书传家的风尚。就陶氏一个家族，在随后的一二十年时间里，走出了2名进士、2名举人。庆元二年（1196），陶大章进士及第。嘉定元年（1208），大章弟陶大猷中式举人；四年，大章又一弟陶大甄进士及第，并授安庆教授；十三年，大猷侄陶梦得中式举人。

锦衣玉食少他日，诗书传家多来年。从宋至元、明，传嘉善境内有4所义塾先后建立，宋陶氏所建在陶庄，元吴森所建在魏塘，元戴光远所建在清风泾，明陆坦所建在汾湖。或许，陶家开设义塾的举动，只是为了家族弟子的教育。而当这义塾之中飘飞出来的琅琅书声传播到田间地头，便是如春之雨露，润物无声地浸染了这一方水土，影响了这一方人家。

县东三十里有坟甚高，相传为娄机墓

在清光绪《嘉善县志》卷十六"选举志·科贡表"的序文中有云：魏塘科第，甲于诸邦。

自唐、宋至元、明，在明宣德五年（1430）析置建县之前，科贡表中名列有进士20人、举人10人。其中,仅娄氏一家在北、南两宋列名进士6人、举人1人。

娄亿,是娄氏家族中最早列名于科贡表中的人物,北宋仁宗嘉祐六年(1061)进士。《浙江通志》中,只在卷四"冢墓"一节的"余杭主簿娄亿墓"目下这样交代:"在胥山五都。亿,参知政事,机曾祖也。其地名娄坟。""封嘉兴郡开国侯参知政事娄机墓"一目,正是紧接着娄亿墓的条目,云:考朱彝尊《鸳湖棹歌》中有"娄相高坟发旧封"句,注为"县东三十里有坟甚高,相传为娄机墓"。

娄坟,是一个地名,也是娄氏家族的祖茔墓地所在。死后被追封为南宋开国侯的娄机,也葬墓于此。

在志书的科贡表中,对娄亿这个人,有这么几个字的说明:"同学究出身,余杭县主簿"。既对应了墓名,又点出了娄亿的性情。陈舜俞在用离骚体写的娄亿墓铭文中,将一个老学究的严谨、执着、无欲、自知,描摹得栩栩如生。谨存于此:

彼何人之门兮,雁行马车。老夫怀金兮,童子纡朱。

其取万钟兮,不差毫铢。庖有粱肉兮,腹无图书。

天之生此兮,何罪何辜。句读其话言兮,节文其步趋。

抱笔宵吟兮,铺楮而昼涂。天子招其以仕兮,乡人勉呼。

众肩相煦磨兮,疾驾争驰驱。有司五上吾名兮,礼部曾不一如。

退将赢其角兮,进且趻其胡。行年几六十兮,仅免为白徒。

一秩不能胜兮,朝强而暮疽。考妣其谓我何兮,遑悼妻与孥。

高者我难诹兮,厚者行难语。诸百恨寂寞兮,秋草之墟。

据说，娄亿是娄机曾祖，祖是娄乾耀，父名娄寿。上述三代都冠有郎官名，祖为将仕郎，父为奉议郎并知崇安军事。

县志"科贡表"上交代，在娄亿进士及第后的七十四年，也就是高宗绍兴五年（1135），娄亿子娄恂中式举人。这时，已经是南宋了。

又过了三十余年，乾道二年（1166）娄机进士及第。作为南宋开国时期的重要朝臣，娄机以自己赤诚无私的作为，让娄氏家族登上了光耀千秋的辉煌顶点，以安民节财的品行让后世万代敬仰。明代建县后，娄机入祀乡贤祠，并祀郡学。

娄氏家族再次进士及第的时间，一直要到淳祐十年（1250）、宝祐元年（1253），已经是在理宗赵昀时代。在南宋的历代皇帝中，理宗在位四十年，算是最长的一位。而且，也是改年号最多的，先后有八个年号，长的十二年，短的仅一年。或许是到了王朝走向衰落的时期，尊崇理学的皇帝，除了声色犬马以外，实在也没有可以作为的了。登基后前十年被权相挟制，亲政后虽有史称的"端平更化"，但也只是昙花一现，南宋王朝很快就被接下来爆发并持续了四十多年之久的宋元战争彻底拖累，以至垮塌。晚年的理宗更是沉湎于醉生梦死的荒淫生活之中，朝政相继落于一众奸相权臣之手。也正是在这样的国势衰败之时，娄氏家族的三个后人先后科举登第，娄应元淳祐十年（1250）进士及第，娄应星、娄应庚宝祐元年（1253）同榜进士及第。应字辈三人在前后两科登第，应该是娄氏家族相当荣耀的事情。但是，这三人在登第后有何作为，志书上没有记录，其他包括野史中也不见叙述。

清人孙燕昌的《魏塘竹枝词》中，这样写到了娄坟：

多少花坟祭扫船，娄坟村外遇婵娟。

与郎一样桃花面，问是谁家小比肩。

清明时节祭祀扫墓，娄坟村里村外船来船往，好不热闹。几百年后的娄氏墓地，除了祭祖祀宗，更多的竟然是踏青游春的愉悦和快乐。

丁五三靖康时扈驾南渡，卜居沉香湖荡畔，手植黄梅一株

丁五三是嘉善丁氏家族的始祖。

丁氏家族从中原南渡江南并到沉香湖荡边定居，可以看到有两种说法。一是清光绪《嘉善县志》卷三"古迹"中，"丁氏园古梅"目下所云："丁氏祖五三以靖康时扈驾南渡，卜居于此。"二是明末丁氏十二世孙丁桂芳、丁策定编撰的《香湖丁氏家乘》中有称，始祖丁五三是在南宋理宗年间迁居沉香湖之滨的："南渡百余年为理宗时，而有五三公。"

靖康是北宋末代皇帝钦宗赵桓的年号，仅存不到两年（1126—1127）。理宗赵昀是南宋的第五代皇帝，也是南宋在位时间最长的一位，共四十年。问题是就算以理宗登基的宝庆元年（1225）计，与靖康年也相距有近百年的时间。丁氏之祖五三有这么长寿吗？存疑。

按照第九世丁宾的生卒年份（1543—1633）来计算，丁氏家族

每代之间相距的时间长达三十五年、四十五年，甚至更久。有一点倒是可以肯定的，那就是丁氏人家的寿命应该都挺长，像丁宾享年九十一岁。

说丁五三扈驾南渡，或许是后人的溢美之词。但是，能够从中读出的另一层意思，就是丁五三当时是一个兵士、一个军人。也正因此，过了几百年后的明隆庆五年（1571），丁宾进士登第，《隆庆五年进士登科录》载有：丁宾，贯浙江嘉兴府嘉善县军籍。丁氏家族军籍世袭。

丁五三南渡来江南以后，应该在其他地方也待过。最终，他选择了一个叫六塔镇的偏远乡村，在沉香湖南岸定居。或许，这时候的南宋王朝已经度过了风雨飘摇的几十年，真正"偏安"了。又或许，丁五三已经是老兵一个，应该选择一处安生之地颐养天年了。

扈驾南渡的老兵丁五三，是南宋开国的功臣，保留着军籍，来到了原名为六塔、后改名为"丁栅"的地方。这地方有一座寺庙，叫普照寺。清人曹庭栋《魏塘纪胜》中记"六塔港"的文字：祥符荡东北支流，名六塔港，相传旧有普照寺，寺前有六塔，故名。

从后世的史料记载中，可以看到老兵丁五三在相对安谧的生活环境中的所作所为：一是创建了被郡倅（郡守副职）步腾题额曰"世守旧庐"的宅院，园内还放着两座石狮子；二是种植了一株黄梅树。清光绪《嘉善县志》中，专列一个条目：

丁氏园古梅 在八北区沈香湖南。丁氏祖五三以靖康时扈驾南渡，卜居于此。手植黄梅一株，传十一世，历四百余年。园有石狻猊二，右猊为红巾试剑劈伤半面，亦宋时故物。

条目行文中还有夹注，说除步腾题额外，元代画家倪瓒、诗人杨维祯等对"世守旧庐"都有题咏。

自此，嘉善丁氏家族在沉香湖之畔传宗接代、开枝散叶。

丁五三有二子，丁氏真正发家是从第三代长子长孙丁长如开始的，时间已经到了明洪武九年（1376）。德才兼备的丁长如被征召担任了从四品的湖广黄州府通判，丁氏家族正式踏入仕途，直到明崇祯年间九世清惠公丁宾之时，达到荣耀之巅。

依丁长如致仕归里时信手而成的《对故园黄梅诗》所云：

> 三年薄宦走尘埃，解组还歌归去来。
> 才到草堂先一笑，不将冰雪负黄梅。

丁五三创建的"世守旧庐"是被命名为草堂的。自唐杜甫以降，草堂便成了历代文人墨客心中的灵魂圣殿。将宅第院落以草堂名之，便可见得丁氏人家的风雅之趣了，而且也正契合了宋朝崇文重教的社会风尚。

清人曹庭栋《魏塘纪胜》中还有一目专记"古黄梅"的，并撰有一诗：

> 寒林别酿一般香，四百年来饱雪霜。
> 老干槎枒横水畔，花光与月共昏黄。

丁宾生活的时候，"当严寒栗烈，松柏苍翠，而蜡梅檀心交映于间，至今其香不断"。

曹庭栋生活的时候,这株古黄梅应该依然枝叶繁茂,雪香胜酿。

现如今,除了一个"丁栅"之名,草堂不再留痕,黄梅也已了无痕迹。

2022年2月11日

落映未消千里雪

——宋韵嘉善·史迹遗存

在曹庭栋的诗词歌咏中，可以看到的宋史遗迹

　　清乾隆七年（1742）十二月望日，曹庭栋在东园的清气阁内，终于将其题咏县域各地名胜的诗稿及志注小序又整理誊抄了一遍。然后，随手推开了案前的窗户，一缕寒风扑面，拂动了他已见花白的山羊胡须。

　　这一年，曹庭栋已四十多岁，因为绝意仕进，所以就在名为"东园"的自家庭院内累土为山，并环植花木以奉母，名"慈山"，故自号"慈山居士"。生活相当优游闲适的慈山居士，在闲暇之时，完成了一件被后世广为传颂的文化精品，编写了一部生动展示以县城魏塘为中心的嘉善文化胜景及其空间转换的著作《魏塘纪胜》。

　　在《魏塘纪胜》的"例说"中，曹庭栋写下了他关于胜地的阐论："溯自汉唐来，所谓胜地胜事，其湮没无闻者，又何可数计。夫地可传曰胜地，事可传曰胜事，亦有因事而地传，因地而事传，更有因人而其地其事遂传，并有因其地其事而其人亦传，莫为纪之，终归湮没。此余《魏塘纪胜》诗所以作也。"

十八年以后，也就是乾隆二十五年（1760）的中秋时节，六十多岁的曹庭栋又完成了"复索邑中胜地胜事，有前所未纪者而纪之"的《续魏塘纪胜》。

依照曹庭栋自述的著述体例，《魏塘纪胜》和《续魏塘纪胜》两册，共有一百六十二首胜地、胜事的题咏诗。其中，《魏塘纪胜》一百首，《续魏塘纪胜》六十二首。在《续魏塘纪胜》六十二首诗中，有十二首是吟咏其自家院落东园里的林庐景象。所以，两卷中合计一百五十首诗是题咏县域内胜景胜事的。之所以名之以"魏塘"，盖因所记之事有析县以前的，而且不少。

曹庭栋是"考之邑乘，参之他书，采诸遗闻，证诸目见，随作随录，不加诠次"。所以，就只在"标题之下更列小序，志其地，述其事，务在详尽，即诗所弗及者，亦博采备稽焉"。按此可见曹庭栋所题咏的胜地、胜事，或许在他生活的时候，就已经只是遗闻。好在其标题之下所列的小序，倒是成了眼下可作稽查与考证的史料文字，虽有些许错讹，却也极为可贵。

时空穿越，年轮转换。公元2022年初，壬寅年正月十五，阴天，有点寒冷。室内空调取暖，我戴着老花镜，翻阅起了曹庭栋的纪胜两卷，仿佛能看到二百多年前的慈山居士正踩着一路窗外的霜雪，用已经陌生了很久的乡音俚语，指点着浩瀚天幕之上映衬着的历史痕迹、人物印象……

从曹庭栋的纪胜两卷中，能够读出与宋朝关联的历史胜迹有近三十处，绝大多数是寺庙建筑，而它们之中绝大多数如今已是烟消云散。现将胜迹之名部分抄录于此：陈贤良隐居、赵若诵故居、鲍节制旧墅、瓶山、三墩、朱六朗庙、陆庄、唐氏园、慈云寺、大寺小寺、白莲寺、神仙宫、水月庵、古黄梅、东岳宫、义塾、大云寺、圆觉禅院、圆妙山池、一草坟、石鼎、泗洲塔、西林禅院、大圣寺……其中，胥山、汾湖、瓶山、慈云寺、大寺小寺、四香亭等是在汉唐或更早以前便存在了的。

陈贤良便是陈舜俞，号白牛居士，北宋庆历六年（1046）进士，弃官隐居白牛村。其地因之而名清风泾。

赵若诵是宋室后裔，北宋政和八年（1118）举人，故居在熙宁桥（俗称卖鱼桥）西，墓葬三墩（章典史桥东南）。

三墩，宋室南渡以后，赵氏宗室散处魏塘，传三墩为南宋藩王墓地，故又称王坟。

鲍氏旧墅在汾湖岸，节制是宋代官名。元代诗人杨维祯《游汾湖记》中有记。

瓶山，在城南，相传宋置酒库，弃而堆土成山。元代后上建洞虚观、文昌殿、玉皇阁，并环植银杏。

朱六郎是宋高宗梦中登紫薇楼坠落时在底下接捧他的人，膂力过人，据说是迁善乡人，被诏封紫薇侯，立庙江泾塘以祀。

陆庄在县城东南隅的惠民，唐陆宣公子孙世居。

唐氏园在西塘祥符荡，唐氏有两兄弟介福、介寿，家有东西观，田庄远及百里。今东岳庙即东观故址。

慈云寺，在魏塘，创于三国东吴，唐名保安禅院，北宋治平年间改名慈云。

大寺小寺即魏塘之大胜寺和景德寺，唐天宝年间昭鉴两兄弟各舍宅为寺。

白莲寺在枫泾镇北，南宋咸淳年间，一高僧趺坐三日而地出白莲花三茎，故而施材建寺。

神仙宫在城东，传唐高宗时有钱朗者，年一百五十余而飞升成仙，故朝廷赐建神仙宫。

水月庵在陶庄翔胜，南宋绍定年间建，有八景云：古殿灯辉、崇楼钟韵、龙潭印月、马鬣蒸云、汾湖客帆、丰溪渔唱、苔蹊睡鹤、竹坞栖鸾。

古黄梅即为宋靖康年间丁五三扈驾南渡后，卜居沉香湖荡南所植，历四百多年依然暗香四溢。

东岳宫在魏塘，东园之南，俗呼王黄庙，创于南宋乾道七年（1171），庭中有两株银杏，传为宋物。

传邑有四所义塾：陶氏义塾建于宋，在陶庄；吴氏义塾建于元，在魏塘；戴氏义塾建于元，在清风泾；陆氏义塾建于明，在陶庄汾湖之滨。

大云寺在大云镇，创建于北宋乾德二年（964），旧名净众寺。

圆觉禅院在陶庄镇北，建于南宋景定三年（1262），有四景：净池春晓、圆觉谈经、松风为伴、荷雨生香。

圆妙山池在陶庄，池前圆妙山传为陶文幹墓葬处。

一草坟在城西，宋节度使吕伯四墓葬处。

石鼎是建于北宋熙宁九年（1076）清宁道院中的一块奇石。

泗洲塔在大胜寺中，七层，建于南宋淳熙年间（1174—1189）。

西林禅院在西门神道弄东，建于南宋建炎年间（1127—1130）。

大圣寺在干窑镇北，建于北宋熙宁年间（1068—1077）。

清光绪年间编撰县志的老学究笔下，记载了更多的宋韵遗存

清光绪二十年（1894）夏六月初一，有风雅县令之称的嘉善知县江峰青终于提笔写下了他的县志序文。由是，嘉善建县以来成书的第八部县志，史称光绪《嘉善县志》，或称"江志"，也是嘉善历史上史料最丰富、体例最完备的一部良志，在一群敬恭桑梓的老学究手里，纂旧编新，裒然成帙，编竣付梓。

嘉善自明宣德五年（1430）建县以后，明弘治五年（1492）曾修撰有《嘉善县事》3卷41目，编入了《嘉兴府志》。明正德十二年（1517），县丞倪玑创修第一部《嘉善县志》，列6卷1图25目，共4册。明嘉靖二十九年（1550），知县于业增修，列8卷9志44目，仅有序和跋，传本已佚。明万历二十四年（1596），知县章士雅重修，列12卷9志8图52目，共12册。清康熙十六年（1677），知县杨廉重修，列12卷9图3表55目，共5册。清康熙二十三年（1684），知县崔维华续修，列8卷8志37目，共3册。清雍正十二年（1734），知县戈鸣岐、罗绪先后续修，列12卷10志6图55目，存抄本4册。清嘉庆五年（1800），知县万相宾增修，列20卷10志14图65目，共12册。清道光十年（1830），知县张如梧、李东育先后续修，未刊，后散失，仅存序文3篇。

江峰青是安徽婺源人，清光绪十二年（1886）弱冠登科，后分别于光绪十七年、十九年两次任职嘉善，时近九年，开明，风雅，有政声，且能诗善画，常行义举。累官江西道员、大学士、江西省审判厅丞、一品封典授荣禄大夫。辛亥年后居家奉母，被公举为安徽省议会议员。

清光绪《嘉善县志》是江峰青首次知善后,有感于前《嘉庆县志》已续修九十余年,"中更兵燹,方策散失。前轨曩迹,纪载阙如"。所以,便延请邑中乡达贤哲,开局纂修。两年后江峰青回任来善时,全志已成稿,列36卷10志35图64目,共16册。

在这部史料丰富、记述翔实的志书中,编撰志稿的老学究们除了侧重于精细翔实地记载自明宣德五年(1430)嘉善建县以后发生发展、兴衰起落的各类历史资料外,还尽可能地给我们留下了一百多年前能搜罗到的宋元乃至汉唐的史料。这让我们今天去回望更古老、更久远的历史成为一种可能。

还是说说宋时的史迹遗存吧!

首先,是与人有关的建筑、墓葬。

一类是传与帝王及宗室相关的。如五凤钟楼、天水巷、汉赵王墓、扬州正将赵勤夫墓等。传五凤楼为魏武帝驻跸魏塘时兴建的,在慈云寺西南。天水巷有赵若诵宅,赵若诵为宋宗室赵勤夫之孙,汉王赵元佐之后,南渡后散处魏塘,墓葬三墩。

一类是与官宦望族有关村庄墓地。如陆庄、小鱼墩村、胡巷村、唐庄、鲍氏池亭、陈贤良隐居、唐氏园、余杭主簿娄亿墓、封嘉兴郡开国侯参政知事娄机墓、迪功郎陆瑀墓、陶氏义塾等。唐陆贽故宅在张泾汇东,子孙世居,宋迪功郎陆瑀创祠以祀宣公,人称陆庄。小鱼墩村有闻人宏宅。闻人宏是北宋大观三年(1109)进士,历任通州司法、宣城知县、常州通判。传北宋学者、世称武夷先生胡安国子孙居麟瑞乡,故名胡巷村。宋参知政事唐质肃公介裔孙居胥山乡唐庄。鲍氏池亭即陶庄的鲍节制旧墅。宋唐介福、介寿兄弟在西塘祥符荡岸上建筑别墅,称唐氏园。介寿任道箓,有东、西观，东观即东岳庙。娄亿、娄机墓葬城南胥山乡，名其地为娄坟。

还有一类是用来祠祀的坛庙祠堂。宋迪功郎陆瑀在陆庄创建陆宣公祠，祭祀唐陆贽。南宋建炎时（1127—1130），在枫泾仁济道院内，建高王祠，祀汉初与汉友好的维吾尔族人高王（东汉桓帝封赐）。南朝梁大通年间（527—529），立庙祀晋监屯田校尉高史君。相传南宋高宗梦登紫薇楼而坠，得朱六郎接持。故封其为紫薇侯，立祠于江泾塘。明弘治二年（1489），福源庵重修并祀北宋陈舜俞。正德间（1506—1521）又肖像以祀，称表贤祠。建于北宋乾德二年（964）的大云寺左庑，有施相公庙，祀南宋的抗金英雄施全。传施为岳飞金兰结义兄弟，南宋殿前司军校。岳飞在风波亭被害后，施谋刺秦桧未果，反被秦杀。民间敬重其义其志，封其为施王。

其次，是桥梁。最早的是建于北宋熙宁年间（1068—1077）的熙宁桥，在城内东西跨伍子塘，俗称卖鱼桥。陶庄的登瀛桥建于北宋政和年间（1111—1118）。位于慈云寺前的通圣桥，建于南宋嘉定年间（1208—1224）。陶庄的流庆桥由嘉定元年举人陶大猷重建。位于茜泾塘的庶子桥，为宋桥，兴建年份不详。

再次，便是寺庙与道观。唐诗有云："南朝四百八十寺，多少楼台烟雨中。"经汉唐两朝，特别是南朝宋齐梁陈的更替变迁，道、佛两教与儒学不断融合，形成了中国哲学思想独具特色的三教合一潮流。

梳理汉唐以后，尤其是北南两宋历代，嘉善大地上能见到的佛教建筑有：创建于三国东吴时期（222—280），唐代名为保安禅院，宋改名为慈云禅寺。唐开元中（713—741），有一石马沉水，夜闻马鸣，乡人异而建马鸣庵。唐天宝二年（743），禅师昭舍宅建大胜讲寺，禅师鉴建景德讲寺。咸通间（860—874），赐额。唐大和中（827—835），在清风泾创建妙常庵。大云寺旧名净众，始建于北宋乾德二年（964）。南宋建炎四年（1130），建宝积禅院。建炎年间（1127—1130），在城西建西林禅院。乾道时（1165—1173），又在城东建东林禅院。乾道五年（1169），在蒋村创建定慧禅院。绍定间（1228—1233），汾湖边建水月禅院。景定三年（1262），陶庄镇北建圆觉禅院。同年，汾湖南建洪泽庵。咸淳二年（1266），清风泾建白莲寺，思贤乡建永裕禅院，城关西建圆觉庵。另外，还有建于宋的城外西南地藏禅院、清风泾西清凉庵、永安乡花蕻庵、迁善乡显承庵。

以下是道观，有汉时创建的奉贤乡澄真道院，唐贞观十九年（645）建奉贤乡仁济道院、开元间（713—741）建城关东神仙宫、北宋熙宁九年（1076）建清宁道院，南宋建炎四年（1130）建宁和道院、乾道七年（1171）建东岳宫、咸淳元年（1265）建西塘福源宫、嘉熙年间（1237—1240）建清风泾玉虚观。另外，西塘东岳庙建于宋，也为道观。

除了蒋村的两株银杏树，我们还能看到哪些宋时遗物

南宋建炎四年（1130），一名叫德性的僧人，来到现为嘉善县治西北下保东区距城三十六里的地方，但见"境土饶沃、水木清华"，便率僧众"垒石崇墉，负栋为栖禅之所"，取名"宝积"。两株银杏开始在禅

寺落了地，这一生根便是结结实实的八百多年。

这一段文字是嘉兴的一位文友，到天凝蒋村以后写下的。

蒋村的银杏树有雌雄两株，位于蒋家漾东北侧。1984年全县农业区划办公室的调查报告中，明确两树种植的时间为南宋建炎四年，当年测量的树高分别为24.43米、21.20米，胸径5.89米、3.48米，冠幅25.3米、15.1米。

翻阅清光绪《嘉善县志》卷首"下保东区图"，发现在蒋村的寺院不是建于南宋建炎四年的宝积禅寺，而是建于南宋乾道五年（1169）的定慧禅院。两寺兴建时间相差近四十年。在志书的"定慧禅院"目下，是这样写的：

定慧禅院 在治西北下保东区。距城三十六里。宋乾道五年，僧广济创建。明洪武初，僧衡琬重建。《章志》有蒋氏侯爵者葬此，故名蒋坟。又地名蒋村，水名蒋家漾。名号无考。自济构院，雄冠一方。闻于朝，赐今额。尚书黄中有碑记。

位于蒋村的定慧禅院既雄冠一方，又得朝廷赐题匾额，留下了两株高大伟岸的银杏，让后人记忆。或许，更为合乎情理。再看宝积禅寺，其实就在蒋村所在正积圩东侧的北蒋圩，东邻杨家兜。当年农业区划办调查认定两树是宝积禅寺遗物，或许是想让其树龄更长些吧。当然，在此也仅是猜测而已。

在农业区划办当年的古树古木调查报告中，除了蒋村的两株银杏树，告知我们全县种植于宋朝的银杏树还有：位于陶庄徐河的一株，种植时间是南宋绍定三年（1230），树高22.36米、胸径2.88米、冠幅12.6米，传为小瀛台遗物。位于陶庄洪石的雌雄两株，种植时间是南宋景定三年（1262），雄株高22.24米、胸径3.58米、冠幅23.42米，雌株高23.34米、胸径2.49米，系洪泽庵遗物。位于杨庙亭子桥的一株，种植于南宋隆兴二年（1164），树高24.50米、胸径4.48米，已于1987年死亡。

千年银杏万户村。有银杏的地方，就有寺院庙堂，就有寻常人家。从汾湖滩到蒋家漾，从陶庄、汾玉到天凝、杨庙，应是在宋代，尤其是南宋时期就已经是人群集聚、村居繁盛了。

或许是因为在普查时，发现竟然会有这么多株银杏树，挺立了八九百年，依然如此的伟岸挺拔，依然如此的枝繁叶茂，所以才会在1987年的县八届人大十九次常委会上，确定银杏和香樟同为嘉善县树。

1954年5月，在陶庄陶家池北，曾经发现了6个宋代古墓。6个古墓是两穴并列呈品字形排列的，3座都是双穴砖墓，型制结构、规模大小一致，应该为同时期修筑的。墓顶由相互卯榫的4块大理石石板覆盖，四壁用砖横叠砌成，横叠的砖上都放置有1到5个从唐开元至宋庆元的古钱。墓为棺椁葬，墓内四壁先涂有一层粉红色石灰，再加一层厚5厘米的白灰。棺木板厚8厘米，棺与椁间夹有7.5厘米的砂灰。棺木的材质为楠木，墓底有少量水银。发现的随葬品有铁牛1只、无花纹漆器2件、残漆器1件，还有一些古钱。3座墓后壁均竖立有长方形墓志铭石块，所志墓主为陶达和其子陶大章（长）、陶大甄（幼）。那是生活在南宋嘉定时期（1208—1224）的人物，绍兴年间（1131—1162）从姑苏迁居净池漾边的陶文斡之子与孙。陶达曾任职新监镇江府榷货务都茶场门，陶大章为庆元二年（1196）进士，陶大甄为嘉定四年（1211）进士，任职安庆教授。

陶庄的这3座品字形的古墓葬，大概是我们可以和生活在宋朝的人物接触的最近距离，可惜也已经在半个多世纪前彻底消失了。

时至今日，我们还能找寻的陶氏家族在柳溪的遗迹，也就只有位于陶庄镇北的流庆桥了。而且，是唯一的实物。

陶达除了两个先后登第进士的儿子外，还有一个儿子是在嘉定元年（1208）中式举人的陶大猷。作为陶氏子嗣，陶氏义塾应该是陶大猷最重要的活动舞台，自幼受教于此，后也授业其中。当然，作为一名乡间贤达，是一座桥记载了他名垂千古的影响。

那座桥叫流庆桥，又名永庆桥，民间俗称"八字桥"，是单孔石结构拱桥，坐落在陶庄镇北，南北向跨于柳溪之上。据清光绪《嘉善县志》载：流庆桥，即永庆桥，宋陶大猷重建。

该桥始建已无考，陶大猷重建便成了重要的历史节点。而且，就桥的型制与格调而言，其至今依然保持着宋代风貌，即使在清乾隆六十年（1795）又重修了一次，仍然是县域内仅存的宋桥。桥墩两侧各有一对螭首石雕，桥身多以紫红色砂岩石砌筑。桥长15.5米、高4.2米、宽2.25米，南北各13级石阶，两侧石栏0.42米。拱顶刻有"流庆桥"名，东西各有楹联一对，东侧为："源运流长□□□□，祥迎庆集仿佛登流。"西侧为："翠柳拂长溪平分八字，苍龙临下界绕护三清。"两联之中，道出了流庆桥之名称所寓含着的吉祥、安宁的祈愿与祝福。或许，这也正是陶大猷重建此桥的心愿。

跨过流庆桥，穿过陶庄镇北的村落人家，会看到一座宏大的寺院，那便是志书上记载始建于南宋景定三年（1262）的圆觉禅院。

　　元代诗人杨维桢诗云："圆觉招提隔市喧，潮音满座自晨昏。"既说出了圆觉禅院是民间私造的（清人宋应麟《杂识》"私造者为招提、若兰"），又描绘了圆觉禅院在当年的盛况：僧众诵经之声如潮水涌动，不舍昼夜晨昏。

　　圆觉禅院自建成以后，历朝历代都有重修。眼下，在禅院内仍旧有保存相当完好的圆觉寺前殿，这也是县域范围内仅有的一处宋制风貌建筑，非常难得。前殿坐北朝南，面阔5间，东西纵长15.7米、南上进深9.4米，明间梁架为抬梁式，次间为穿斗式。单檐歇山顶，全部阴阳瓦。

　　还可以去看一看的，应该就是位于西塘烧香港东北端的东岳庙。

　　东岳大帝是民间传说中治理天下的保护神，历代帝王也都是对他尊崇有加的。相传西塘东岳庙是由宋道篆唐介寿所筑东观改建的，历朝历代都有修葺，最近一次重建的年份为民国十四年（1925）。现存山门与前殿，依稀还留有宋制风貌。山门为木结构楼屋，面阔3间东西两侧各加1间七梁柱耳屋，单檐硬山顶、阴阳瓦。前殿面阔5间，正面是单檐歇山顶，背面为硬山顶，全部阴阳瓦。

　　如果，我们将目光从圆觉禅院、东岳庙屋顶的歇山顶和阴阳瓦上移开，或许可以看见魏塘慈云寺西、伍子塘畔的酒肆人家，渔舟唱晚；或许可以听到西塘马鸣庵里阵阵钟磬声响，看到大云寺里缕缕香烟袅绕；或许还可以见到王带窑港边制砖烧窑人们忙碌的身影……不过，真正留到现今的，就只有能够让人想象的卖鱼桥、窑港之类的名字，和已经难以找寻真迹的传说与故事了。

　　能想象的是，北南两宋时期的嘉善大地上，有蓬勃兴盛的市集贸易，有香烟绕梁的寺庙观堂，还有琅琅书声，耕读传家……

2022年3月1日

小楼一夜看春风

——宋韵嘉善·集镇

枫泾：不拘八面来风，尽纳百川入海

> 天目来源一水长，玉虚高观峙中央。
>
> 界桥两岸分南北，半隶茸城半魏塘。

这是清代诗人沈蓉城《枫溪竹枝词》（100首）的开篇之作。

春秋时期，一条界河让枫泾之所在分属吴、越两地。

唐宋时期，枫泾北属华亭风泾乡，南属嘉兴奉贤乡。

明清时期，枫泾北属华亭风泾乡，南属嘉善奉贤乡。

换言之，自古而今，枫泾始终是一个分属两处的古镇。也正因此，枫泾古镇一直是"五色交辉，相得益彰；八音合奏，终和且平"，有不拘八面来风、尽纳百川入海的气度和胸襟，交流、融合、汇集，塑造了枫泾古镇的精彩文化和悠远历史。

翻开枫泾古镇的渊源之书，我们会看到宋代的白牛居士陈舜俞。

因为有陈舜俞，所以才有清风泾。

陈舜俞第三次辞官归隐到白牛村居住，是在宋神宗的熙宁五年（1072）。陈舜俞是吴兴人，庆历六年（1046）进士，曾任屯田员外郎，并知山阴县。既是清廉的官员，又是著名的学者，一生廉洁刚正、光明磊落，在当时具有极高的声望。陈舜俞病逝于熙宁九年（1076），也就是说他最后的四年有余居住在了白牛村。因为其父亲信佛，所以在父亲过世后便捐出宅地让僧人建了光德庵。陈舜俞死后也葬在了那里，俗称"九荒墩"，所以光德庵又称"荒墩庵"。明代，改建光德庵为祭祀陈舜俞的表贤祠。为了纪念陈舜俞如清风般的品格，人们还将白牛村改名为"清风泾"，简称"风泾"，也就是现在的"枫泾"。

浏览枫泾古镇的发展历史，我们会发现自宋元以来，直至明清，南镇一直要比北镇繁华。枫泾历史上的深宅大院、名胜遗存及历代贤达名士，大都出自南镇。元代的江南有经济与社会都发达的四大镇：枫泾、南浔、王江泾、震泽。而枫泾俨然已是江南棉纺纱与布的交易中心，"贸易隆盛百货全，包家桥口集人烟。男携白布来中市，女挈黄花向务前"（沈蓉城《枫泾竹枝词》）。收不尽的魏塘纱，买不完的枫泾布，说的便是当年的集市盛况。

依《枫泾镇志》记载：宋代，华亭塘口的白牛市集形成。元至元十二年（1275）白牛市易为白牛镇，而后设立了管理贸易、税务的机构巡司，并设白牛务。这是枫泾镇的商品经济已经相当发达的重要标志。

宋元时期的枫泾古镇，除了有繁华的商贸集市，还有对后世影响深远的宗教文化与科举教学。

佛、道两教，是我国的传统宗教。枫泾古镇的佛教渊源可以追溯到三国时期（220—280）的梧桐禅院。

三国时的江南，佛教已经实现了相当广泛的传弘，各地相继建有相当规模的佛寺。如魏塘就建有慈云禅寺，其阿育王塔还应该是魏塘集市成镇的某种标志。唐代以后，佛教更加兴盛。枫泾古镇在随后历代都有寺院建设的记录：唐太和年间（827—835）建妙常庵，宋建隆年间（960—963）建海慧教寺，明万历年间（1573—1620）建性觉寺，清顺治年间（1644—1661）建梵香林。志载，到清代中叶枫泾全镇建有寺院庙堂30多座。其中，性觉寺规模最宏大，影响最广大。康熙皇帝南巡时，曾题额"性觉寺"，荣耀盛极。

枫泾古镇的道教之盛始于南朝，梁天监元年（502）建仁济道院，宋建真武祠，明建玉虚宫、福源宫等。在枫泾古镇的道观宫庙里，相传玉虚宫是明太祖朱元璋亲自赐额的。

而最有意思的是施王庙和城隍庙。施王是人们对抗金英雄施全的敬重，是民间的一种封号。相传，施全与岳飞是义结金兰的兄弟，南宋殿前司军校。岳飞被害后，施全行刺秦桧未果，反被杀害。明万历年间，枫泾民间募集400银，建施王庙。清光绪年又重建，为枫泾规模最大的道教宫观。

枫泾城隍庙有南庙、东庙两座，都建于明万历年间，也正是当时社会政治生态的真实需求和写照。一个小镇，两个城隍菩萨，恐怕是仅此一见的，枫泾百姓有两个祈愿来世的盼头。或许，真的可以东方不亮西方亮。

自唐宋以降，枫泾的文教之风蔚然，有诗书礼仪之乡的美誉。

有资料显示，唐以来，枫泾有进士56人、举人122人。其中，状元3人（唐陆扆、南宋许克昌、清蔡以台）、榜眼1人。值得提到的，一是元代的戴氏义塾，二是清代的四大藏书楼。

元至正六年（1346），戴光远秉承其父的遗志，创建义塾：辟地30亩，建舍45楹，共4间，纳学生150人。后人有诗赞云："元代先兴办学风，倡开义塾赡贫穷。枫溪科举千年盛，饮水长思掘井翁。"（《义士戴光远》）

及至清代，枫泾古镇建起了四个藏书楼：孙琮的"山晓阁"、程维岳的"淞笠斋"、谢恭铭的"望云楼"、程文荣的"茹古楼"。藏书楼的存在，不仅呈现了枫泾古镇文化传统的丰满与精彩，更让书香成了枫泾古镇一个美不胜收的文化标签。

陶庄：翠柳拂长溪，祥瑞迎清流

说到陶庄，自然得说到陶文幹。

因为陶文幹的迁居，柳溪的市集便得以兴盛，市井相连，汇聚成镇。

因为陶文幹一家的到来，柳溪成了"世家鼎峙，桥亭相望"的集镇，并改为"陶庄"。

元代诗人杨维祯笔下的陶庄，已经呈现出了相当繁华的景象："村落成行市井连，日中云集自年年。刀锥有利图衣食，贸易无人索税钱。渔鼓画桥杨柳外，酒旗茅店杏花前。陶家义塾闻相近，教子何须孟母传。"

陶文幹是在南宋的绍兴年间（1131—1162）迁居柳溪的。兴盛于宋朝的古镇陶庄，到元代定然是一派繁荣的景象。

绍兴是南宋高宗皇帝赵构的第二个年号，应该已是相对平稳的时期。保义郎陶文幹从苏州迁来净池漾畔居住，或许真的是想寻一方僻静之地，安然生活。

宋元时期的陶庄镇上，在清光绪《嘉善县志》中明确记载着有两座建于宋代的古桥：一座是建于北宋政和年间（1111—1118）的登瀛桥，位于陶庄前三里塘；另一座是始建无考、宋人陶大猷重建的流庆桥，位于陶庄镇北柳溪。

时至今日，登瀛桥还在，但已经重建且被改得面目全非了，只是依然可以感觉得到志书所云的"世家鼎峙，桥亭相望"的气氛。

流庆桥的存在，让我们有幸在今天还能看到一座宋制的石桥，不过无法考证的是，是不是陶大猷当年重建时将其改成的石桥。江南水乡有许多是木桥，甚至是竹桥。作为乡绅的陶大猷是南宋嘉定元年（1208）的举人，没有考取进士，他应该是陶氏家族在陶庄的头面人物。陶大猷将桥重建成了单孔石拱桥，拱顶刻有"流庆桥"三字，东西两侧均有一联。东侧为："源远流长□□□□，祥迎庆集仿佛登流。"西侧为："翠柳拂长溪平分八字，苍龙临下界绕护三清。"清乾隆六十年（1795）按旧制重修。1982年，流庆桥被列为县级文保单位。

除了流庆桥，不得不说到的还有一座古庙，就是位于陶庄镇北的圆觉禅院，于南宋景定三年（1262）由民间信众自发捐募兴建。现在还保存有原寺的一个前殿，清乾隆年间重修过，但依然保留着宋制样式，是嘉善境内已知的唯一。

发端于南宋初年的古镇陶庄，估计是在明代正统年间（1436—

1449）便已经风光不再了。正统十二年（1447），陶庄务移驻斜塘就是一个重要信号。而后的陶庄，便真的只剩下了"不见当年种柳人，数株犹自绕湖滨"的感喟。

西塘：晓市贾客船翩翩，千金百货塞齐肩

在历代吟诵西塘集市商贸的诗词中，明人周鼎的《晓市诗》应该是最多被人提起的，也是最多让人引用的。

> 旭日满晴川，翩翩贾客船。
>
> 千金呈百货，跬步塞齐肩。
>
> 布褐解市语，童乌识伪钱。
>
> 参差鱼网集，华屋竞烹鲜。

此诗写出了西塘晓市的热闹和繁忙，既人声鼎沸，又气象万千，而且还将水乡集市的特色、集市上的各色人等，描绘得生动活泼，细致入微。

西塘，旧名斜塘，是一个因水而集聚的市镇。清光绪《嘉善县志》卷二"乡镇"篇中有"斜塘镇"一目云：

斜塘镇 在县北二十里。西北诸水汇流于此。一名西塘。界永安、迁善二乡。正统十二年，徙陶庄税课于此。后废。民居稠密，向成市廛，水乡贸易者萃焉。

西塘集市成镇的缘由，与陶庄、枫泾不一样，陶庄因陶文幹迁居来此而聚集，枫泾因陈舜俞归隐于此而兴盛。西塘的集市成镇，更多的是因为界于永安、迁善两乡之间，又有诸水汇流之便，自然而然集聚。

西塘镇志载，唐代在文水漾的一块水中洲上所建的马鸣庵，应该是镇上有记载的最早建筑。及至宋元时期，西塘真正成为集聚成市的所在。元人陶宗仪《辍耕录》云："秀之斜塘，有故宋大姓居焉，家富饶，田连阡陌。"秀，即秀州。时嘉善未析置。这里的大姓，指的是唐氏。宋时，大姓唐氏建别墅院宅多幢，聚成村里。

南宋咸淳元年（1265），唐介福捐宅为观，在烧香港东北创建了东、西两观，东观即东岳庙，西观为福源宫。清人曹庭栋《续魏塘纪胜》载：咸淳二年，海潮冲啮钱塘，学崆峒派道术的唐介寿（介福弟）应募作朱符投波涛中，患遂息。故官介寿为道篆，并敕旌其居曰"福源宫"。年久宫圮，明成化年间重建，规模宏大、壮观。

唐氏子孙环居在祥符荡。元至元初年，"迁善乡有斜塘里，永安乡有胡受里"（至元《嘉禾志》）。因市集在此，故名斜塘。斜塘在西，又名西塘。

宋元时期，在西塘古镇除了东、西两观外，需要交代的还有两座创建于元至正年间的寺庙。一座是至正二十四年（1364）建在镇西塔湾的雁塔禅院，一座是四年后在镇北十里港北岸建造的永寿禅院。两座禅院一东一西，构成了西塘古镇明清时期独有的景象：晨闻永寿钟声，暮听雁塔鼓鸣。

"春秋的水，唐宋的镇，明清的建筑，现代的人。"这是西塘旅游开发宣传的一句经典口号。其实，相对陶庄、枫泾，西塘真正聚集成市的时间要晚得多。从明正统十二年（1447）陶庄务移驻西塘，西塘才可以算是成为统领嘉善北部经济的重镇。明人周鼎正好生活在那个年代，《晓市诗》中所描写和叙述的也正是那个时候的繁荣。

如果，我们将唐代马鸣庵的建造作为西塘古镇的发端，那么，生活着的千年古镇之说还是能解释的。宋元时期，西塘古镇商贸集市的面貌，已经无法描摹。但是，有三个人物倒是一定要提起的。

一个是杨茂，元代人，髹工，居斜塘镇北杨汇，其地即因杨而名。陶宗仪《辍耕录》记载，髹工杨茂擅戗金戗银法，凡器用诸物，先用黑漆为底，以针刻画山水、树石、花竹、翎毛、亭台、人物……完整毕肖。然后用新罗漆。若戗金，则调以雌黄，若戗银，则调以韶粉，经日晒后，挑嵌所刻缝隙，以金银箔敷施漆上，用新棉揩拭，着漆者处自然粘住，在熨斗中烧炭，坩埚内熔煅，浑不走失。杨茂存世作品有花卉绞剔红渣斗、山水人物纹剔红八方盘，均为北京故宫博物院所收藏。

杨茂后代中有一名杨明的，晚杨茂两百年，是明天启年间漆器名匠，曾为黄成所著《髹饰录》加注，并撰序，使这部髹漆工艺专著更为完备。

另一个是张成。与杨茂同里，也善髹漆剔红、戗金戗银。存世作品有山水人物剔红圆盘（北京故宫博物院藏）、如意云绞剔犀圆漆盒（安徽省博物院藏）、山水人物纹剔红圆盒（上海博物馆藏）、剔红紫萼圆盘（日本大津市圣众来迎寺藏）等。

明永乐年间，琉球国购得张成、杨茂所制剔红器具，视为珍宝，进贡于明廷。明成祖闻而召之，时张杨两人均已殁。张成子张德刚能继父业，便应召晋京，授精艺营缮所副职，为永乐年间漆器名匠。

杨茂、张成的剔红髹漆技艺传入日本后，称"堆朱"，又取杨之姓、张之名合起来，称剔红匠人为"堆朱杨成"。

第三人是彭君宝。元代斜塘人，善制瓷器。在山西霍州烧制瓷器，所仿定窑拆腰式样的碗，一般人不易辨别真伪，时称"彭窑"。

宋元时期，因为拥有了杨茂和张成，西塘古镇便拥有了空前绝后的两座髹漆工艺的高峰，让人高山仰止。

魏塘：望楼四起夜乌栖，万室炊烟鸡乱啼

魏塘集市成镇的最早时期，应该在三国东吴（222—280），以慈云禅寺和阿育王塔建设为标志，迄今已有近1800年的历史。

北宋徽宗政和年间（1111—1118），魏塘设镇，并置有巡司。元为魏塘务。明洪武元年（1368），从嘉兴县三七都内割四里设魏塘镇都，是魏塘镇行政建置的元年。洪武三年（1370），改司、务为税课局。宣德初再改巡司。析置建县后为县治所在。正德五年（1510），县城东建宾阳门、西建平成门。嘉靖三十四年（1555），筑成嘉善县城。

清人曹竹君有竹枝词这样写魏塘："望楼四起夜乌栖，万室炊烟鸡乱啼。东有罗星台障水，福星庵镇市梢西。"

曹竹君是清乾隆年间的人物，寥寥数语，写尽了魏塘当年傍晚时分的安怡与富足。

镇，最初是以纯军事性据点形式出现的，广泛设置于南北朝时期。宋王朝建立以后，众多军事性质的镇戍被罢撤，部分居民较

多、并有一定工商业基础的镇得以保留。同时，又通过农村集市升格、部分税务、驿站改置等设立了许多非军事性质的镇。由此，镇便由军事戍守单元蜕变成了农村新兴工商业中心。

按陈国灿《浙江城镇发展史》分析，魏塘镇作为居民商业聚集地的确立，应该在北宋中期。南宋时期，魏塘镇发展成了最典型的农业市镇。

杭嘉湖地区自古以来就是粮仓，嘉禾熟，天下足。魏塘地处产粮区，在宋元时期就已经承担起了相应的粮食产品外销和流通职能。宋末元初人方回在《古今考续考》卷十八《附论班固计井田百亩岁入岁出》中有这样一段记述：

予往在秀之魏塘王文政家，望吴侬之野，茅屋烟炊，无穷无极，皆佃户也。一农可耕今田三十亩，假如亩收米三石或二石，姑以二石为中，亩以一石还主家，庄幹量石五以上，且曰纳主三十石，佃户自得三十石。五口之家，人日食一升，一年食十八石，有十二石之余。予见佃户携米，或一斗，或五七三四升，至其肆，易香烛、纸马、油、盐、酱、醋、浆粉、麸面、椒、姜、药饵之属不一，皆以米准之。整日得米数十石，每一百石，舟运至杭、至秀、至南浔、至姑苏崇钱，复买物货归售。（注：秀，秀州，即嘉兴。）

从上述引文中，我们可以读到的是，宋元时期的魏塘作为地区的集市中心，已经是一个繁荣的粮食市镇。也因此，到明宣德五年（1430），"地广赋繁"就成了析置为县的主要理由。

赋，即粮赋。唐韩愈有云："赋出天下，而江南居十九。以今观之，浙东西又居江南十九，而苏松常嘉湖五府又居两浙十九也。"
明人顾炎武《天下郡国利病书》云："嘉善赋额视各县独重，盖全
浙之税莫重于嘉郡，而嘉郡之税莫重于嘉善。"故有"善邑粮赋之
重甲于天下"之说。

既然是粮食重镇，那就必然会有众多粮仓、米行和漕运码头。清
光绪《嘉善县志》云："军国所需在便民仓，养民之义在预备仓。"

明宣德五年（1430）置县，就建有征集漕粮的官仓——便民
仓。正统六年（1441）迁建在西城门内华亭塘南岸，并筑仓桥南北
沟通。后经嘉靖倭患，又几度修葺，至万历二十一年（1593）重建，
编廒房20号共438间，供全县20区储存漕粮。清朝历代，改建、
扩建无数。

在西城门内与便民仓一起建造的还有预备仓，有廒房9间，后
又几经增建，到清雍正八年（1730）共建有仓房42间。建预备仓
是明洪武初年的法令，意在丰年收储，歉年放贷赈济。清雍正十年
（1732），便、预两仓旧址被改建为驻防署，明清两朝历三百多年的
仓储旧制随之而废弃。

明清时期，全县还建有常平仓4座，分别在枫泾镇、干家窑镇、
王带镇、斜塘镇。另外，曾在斜塘镇建有广济仓，在城内建有社仓、
积谷义仓等。

众多粮仓建设，其主要功能便是为朝廷征粮。也正因为此，西
城门外的华亭塘与下官塘交集的水面，俗称冬瓜湖，便成了漕运船
只结集停泊的地方。每到粮食成熟时节，一面是各镇各乡所征的粮
食纷纷汇集至便、预两仓收储，一面是粮船又在西城门外码头将皇
粮白米装载着，或经大运河直达京城，或转运至江苏淮安再兑运到

京。1995年版《嘉善县志》载：清顺治二年（1645），嘉善漕粮由官仓征收，官船直接运京。漕粮船只108只，每船载米400石。在嘉兴府汇集后，从王江泾经运河抵京都，浩浩荡荡，蔚为壮观。

回过头来，还是说说宋元的魏塘。元代大画家吴镇在《嘉禾八景图》中，为我们留下了足以证明宋元时期魏塘风貌的画面：武水幽澜。在画上，可以看到的建筑有吉祥大圣寺、景德教寺、幽澜泉等。吴镇题跋告知："幽澜井泉品第七也。"

吉祥大圣寺、景德教寺：唐天宝二年（743），兄昭建大圣寺在左，弟鉴建景德寺在右。咸通年间，两寺赐额。南宋淳熙十四年（1187），僧清梵建浮图七级，名泗洲塔。明洪武年间两寺皆定为讲寺。

两寺在民间被称为大寺、小寺，应该是魏塘镇上佛教建筑的代表。泗洲塔，作为魏塘古镇的标志，塔身六面七层，高约逾20米。明清两代有5次重修记载，日军侵入时被炸去一侧，1961年塔顶自焚，1967年因倾斜而拆除。拆除时发现塔顶内藏有经书及小佛像一尊，舍利子一粒，现藏浙江省博物馆。塔的铁顶现在嘉兴博物馆。

依魏塘镇志所载，自三国东吴建慈云寺始，到民国近1700多年间，有史可查的庙16座、禅院3座、寺3座、宫6座、道院5座、坛3座、庵32座、祠27座、坊25座。在南宋一百五十多年间，求神拜佛风盛，魏塘建有西林禅院、宁和道院、东林禅院、东岳宫、泗洲塔、地藏庵、圆觉庵、东林庵等，佛教进入全盛时期。元末，求仙之风兴起，兴建有瓶山道院、玉虚道院、太平道院，重修神仙宫。明清两代理学盛行，儒学推崇至极，遍建宫庙祠坊阁殿，神化忠孝仁义节烈人物，名宦祠、乡贤祠、文昌阁、状元坊、忠孝碑等有四五十处之多。

儒、释、道三教在历史的演进中，依托着持续繁荣的经济，不断融合、交汇，并得以向世俗化发展。魏塘，也就渐渐成为文化与科教繁盛的高地，历朝历代涌现了数以千计的贤达士绅，累积并张扬着嘉善独具个性的人文价值与文化精神。

2022年5月24日

站在更高处或许可以看见

——从江南文化的繁荣发展看明清时期的嘉善

地处江南，那就拥有了一种天然优势。

身处江南，那便拥有着一份天然属性。

江南文化作为一个主体性的概念，一般是从关注明清江南社会开始的。而且，关注的重点就是太湖流域。历来被誉之为"吴根越角"的嘉善地区，虽然析置建县的时间不长，但在江南文化的繁荣与发展过程之中，凭借着得天独厚的自然条件和长期发展的历史渊源，呈现了独具个性的内容表达和形态丰富的样式展示，是一个在江南历史文化研究中值得重视的地区。

让我们站立于江南文化繁荣与发展的角度，去探视明清时期的嘉善社会进步与文化表达，从而进一步认知嘉善文化的历史地位和人文价值。

一、承载嘉善文化农耕烙印的经济形态

1. 重赋，让粮食生产成为农耕主业

(1) 地广赋繁是大理寺卿胡概奏请划增设县的理由

按一般的江南史学研究认知，浙北的杭嘉湖平原自六朝以来，便是皇粮的主产区，便是粮赋的重地。倘依韩愈所说的，江南重赋或许可以上溯至唐朝中期。换言之，赋出江南，赋重江南，是由来久远，千年百年因袭不变的。

正是鉴于粮赋的重压，大明朝的宣德年间，大理寺卿胡概才会以地广赋繁而奏请划分增县，在浙北原来的嘉兴、海盐、崇德三县新增了秀水、嘉善、平湖、桐乡四县。

新增建县时，嘉善辖6乡20区207里。"因旧有迁善六乡，俗尚敦庞，少犯宪辟，故曰嘉善。"（清光绪《嘉善县志》）其实，迫于粮赋的重压，析置建县时的嘉善已经是"四境无不耕之地"。农耕，粮赋，是嘉善自建置之日起就亮给历史记录的一个胎记，是嘉善文化得以成长与传承的主要基因。

(2) 被选定为县治的魏塘是一个典型的粮食市镇

宋室南渡，让江南社会经济获得空前兴盛，市镇的数量大幅度增加。被选定为县治的魏塘镇，是嘉善最早集市成镇的市镇，以三国东吴（222—280）的慈云禅寺和阿育王塔建设为标志，迄今应该有近1800年的历史。

在前文所引的宋末元初人方回《古今考续考》中，明明白白、清清楚楚地交代了魏塘镇上佃农出售余粮的市场活动，这表明，魏塘已经是一个典型的粮食市镇。由此，也可以论定魏塘四周主

要的农耕作业便是粮食生产。至于那些拥有大量土地的豪右之家，因其"占田广，收租多"，自然不会如佃农这般售粮易物的，"丰年大抵舟车四出"，粮食交易规模自是小农佃户不可攀比的。

需要解释两点：① 宋末元初嘉善尚未置县，魏塘地区隶属秀州；② 小农佃户或承租官府的田地，或租种地主家的田地，他们自古以来一直是嘉善地区农业经济的主要生产力。

魏塘在析置建县后成为县治所在。明正德五年（1510），在城东兴建了宾阳门，在城西兴建了平成门。嘉靖三十四年（1555），修筑完成了周长1488丈的城墙。墙高3丈、宽2丈，有东西南北陆门4座、水门5座。墙外有濠，周于城，面阔6丈。

（3）明清两朝历代都极度重视粮仓收储与皇粮漕运

作为天下粮仓之地，明清两朝历代都极度重视仓厫建设，有云："军国所需在便民仓，养民之义在预备仓。"

明宣德五年（1430）刚析置建县，就设建了便民仓，以后历代或迁建，或重建。清康熙十年（1671）知县莫大勋在重建粮仓后，于厅柱上撰有一联："一粒悉属民膏，睹千仓万箱，当惜辛勤物力；五斗漫叨国俸，念三农九府，敢渝清白臣心。"倒是道出了一代廉吏的悯农爱民、清正廉洁的真心真情。

预备仓始建于明正统六年（1441），丰年收储，歉年出贷赈济。另外，明万历二十四年（1596）还在枫泾、干窑、王带、斜塘建有四座常平仓，用以储粮备荒，丰歉调济。万历二十七年（1599），还建有社仓，主要用于灾年赈济。

嘉善收储的皇粮，明清漕运先有民运后改官运。清顺治二年（1645），罢白粮民运而改以官收、官兑，漕粮由官仓征收，官船直接运京。时西城门外冬瓜湖岸停泊漕粮船只108只,每船载米400石。漕粮启运时,只见樯帆林立,浩浩荡荡,热闹非凡。

(4) 一桩历经二百八十二年的诉讼公案

在明清两朝粮食生产的历史上,印刻着两桩无法回避的重大事件,一是嵌田赔亏,一是浙东移民。

① 嵌田赔亏。析置建县以后,嘉善与秀水两县因嵌田的赋税负担,始终争执不已,以致造成了自明万历十二年(1584)至清同治五年(1866),历时二百八十二年的一桩诉讼公案。其间,上至嘉善籍工部尚书,下至知县、百姓,前后近百人共26次(明70人16次、清30人10次),围绕嵌田赔亏向府台、抚台、户部,直至皇帝讼求合理负担,其中御前诉状8次。同治五年,浙江巡抚马新贻上奏《请豁嘉善县丈缺田地摊赔银米疏》,户部允准豁除嘉善丈缺田地239顷每年所赔银3960余两、米3250石。

② 浙东移民。清咸、同年间,因太平军与清军的战争,加上战后瘟疫和连年的水、旱、蝗虫、寒冻等灾荒,全县人口由嘉庆三年(1798)的351902人,剧减至同治十二年(1873)的96478人,净减255424人。光绪初年,巡抚谭钟麟批准浙东客佃来境垦荒,专门设立垦荒局,来者颁发垦荒单,议定来垦荒的赋税只取十之五,或十之二三。来善垦荒的以浙东宁绍温台籍佃客居多,主要集居在魏塘、大云、大通、洪溪等地。到光绪十三年(1887),全县人口增加为54818户(其中客籍1080户、开垦客民400户)、226572人。浙东移民带来了水牛等生产资料和精细的耕作方式,还带来了新型的果蔬。

2. 棉纱纺织，从家庭副业渐次而成集市商贸的重要载体

(1) 从魏塘到松江一带棉纺织业兴盛的现象

1995年版《嘉善县志》有云："明代，商品经济萌发，四乡土布闻名，魏塘已是土纱集散地。"明代，嘉善地区的棉纱纺织业繁荣发展的程度，后人常常是用这样两句民间谚语来形容的："收不尽的魏塘纱，买不完的枫泾布。"从语言学的角度看，这两句谚语运用的是互文的修辞手法，相当形象地描写了从魏塘到松江一带棉纺织业兴盛的现象。

明清时期，基于经济专业化分工，市镇类型分化也更为精细和成熟。魏塘便成为手工业市镇中的棉织业市镇的代表。明宣德五年（1430）嘉善建县时，境内魏塘、枫泾、陶庄等地，都已经设置有巡检司、务机构。其中，魏塘早在宋代就设有巡司，元为魏塘务，明洪武三年（1370）改税课局，宣德初再改巡司。枫泾镇置巡司在元代，并设白牛务，明洪武初罢巡司，改务为税课局。陶庄也在元代置巡司，并设陶庄务，明洪武初罢司改务为税课局，正统十二年（1447）移置斜塘。

(2) 枫泾因勃然兴盛而成为纺织业重镇

明朝中晚期，从魏塘到枫泾再到松江，沿华亭塘一线，分布着众多的纱庄布坊。那么，让我们一起来看看地处魏塘与松江之间的千年古镇枫泾吧。

枫泾，在陈舜俞迁居于此之前，只是一个宁静而美丽的村庄，因紧临白牛荡，故称白牛村。宋神宗熙宁年间，吴兴人陈舜俞第三次辞官归隐，迁居白牛荡畔，志史云其"居秀之白牛村"。陈舜俞，字令举，是北宋著名的清官，也是著名的学者，与欧阳修、王安石、

苏东坡和司马光等都有交往。陈舜俞自号"白牛居士"，相传常骑着一头白牛，悠悠然地游走在湖荡岸边。"我骑牛，君莫笑，人间万事从吾好。"陈舜俞在《骑牛歌》中，将纵情湖光水色，怡然而自得的心态展示得让众人好生羡慕、向往。

陈舜俞在白牛村生活了将近五个年头，熙宁九年（1076）病逝。司马光、欧阳修等都有祭文吊唁。三年后，苏东坡还专程前来白牛村祭拜，并留下了南宋诗人陆游评为苏东坡所有四十多篇诔文中，"唯祭贤良陈公辞最哀，读之，使人感叹流涕"的《祭陈令举文》。

人们为感念陈舜俞一生的廉洁刚正，光明磊落，崇敬其如清风般的品格，后将白牛村名之为"清风泾"。于是，便有了"枫泾"之名。

枫泾镇志载：宋代，华亭塘口形成集市，初称白牛市。元至元十二年（1275），易白牛市为白牛镇，并设有白牛务。说明此时的白牛已是相当繁荣发达的集镇了。所以，至元《嘉禾志》已将白牛镇名列在嘉兴的市镇之中。及至明清时期，枫泾因勃然兴盛的棉纺织业，成了与松江、魏塘、盛泽等齐名的纺织业重镇，有布庄（店）200多家，每日所出棉布，以万匹计。清人在《消夏闲记摘抄》有记："前明数百家布号，皆在松江、枫泾、朱泾乐业，而染坊、踹坊、商贾悉从之。"

3. 砖瓦窑业，随着上海开埠而迅速兴盛发达

(1) 砖瓦窑业生产或早于宋时就已经开始了

民国二十五年，也就是公元1936年，嘉善籍的考古学家张天方先生在《张泾汇宋末遗民李大钧、葛道坑二营垒遗址调查》一文中，对嘉善砖瓦窑业发展有这样一段文字叙述：

吾邑窑市，在未建邑前。以余藏"秀州华亭县"一砖为断，当始于宋时，或尚在宋前。窑村成市在张泾汇，而不在今之干窑、洪家滩等处也。故张泾汇附近，废窑垒垒……

　　张天方的考古发现，倒是与志书上关于嘉善砖瓦窑业的记载相符。明万历《嘉善县志》"砖瓦"一目载：

　　出张泾汇者曰东窑，出干家窑者曰北窑。东窑土高，窑大火足，故坚实可用。北窑地卑，取土他所，又窑小焖熟者，故脆而易坏。

　　从中可以读出的内容有：①明朝万历年间，张泾汇、干窑、洪家滩等地都已有砖瓦窑业发展；②张泾汇地势高，窑大火足，且砖瓦质量上乘，所以相对而言更加繁荣发达。

　　那么，嘉善砖瓦窑业到底起始于何时？我们暂且就依了张天方的说法也无妨。

　　(2) 砖瓦窑业的兴旺带来了全县市镇繁荣

　　嘉善砖瓦窑业的迅速发展和繁荣，是在清末上海开埠以后。当时，沿江沿湖大批的商贾巨富和官僚士绅，纷纷进入苏、沪、杭等地，营建日繁，砖瓦需求猛增。清光绪十六年（1890）三月三日《申报》载：

　　浙江嘉善县境砖瓦等窑有一千余处，每当三四月间旺销之际，自浙境入松江府属之黄浦，或往浦东，或往上海，每日总有五六十船，其借此以谋生者，不下十数万人。

县境之内，除干窑外，上甸庙、下甸庙、洪家滩、天凝庄、范泾、清凉庵、地甸、界泾等地渐次而成窑区，砖瓦窑业逐渐成为除稻粮生产外的第二大产业，在全县经济中有着举足轻重的地位。

大批农民利用农闲制坯、搬砖，或受雇于窑主，收入往往超过其稻粮耕种的收入，有的甚至有数倍之多。依1995版《嘉善县志》中关于砖瓦窑业的传记云：

> 各类窑工之收入都较其他各业为优，其每月收入大致如下：烧工每月白米6.5石，装窑工6石，运工1.5石，窑师傅20石；坯农在春秋两季，一家男女老少分工合作，月可制坯三四万块，年可收入白米10石以上。

由于大量砖瓦窑货出运，估计全县收入最高的年份可达10万两黄金，远超大米外运的收入，是第一大宗的出境商品。正是由于砖瓦窑业的发展，以窑区为中心，干窑、天凝、下甸庙、清凉、洪家滩等随之渐次兴盛而成了各路客商集聚的市镇。砖瓦窑业的兴旺与鼎盛，带来了全县市镇商业的发达与繁荣。

二、展现嘉善文化个性特色的技艺形式

1. 高山仰止的书画艺术

(1) 苏东坡在景德寺为李甲的画竹题诗

苏东坡曾三过嘉禾，时间是在北宋熙宁六年（1073）、元丰二年（1079）和元祐四年（1089）。

苏东坡任杭州通判，调湖州知府，再任杭州知府，来来去去三过嘉兴，相传都是去陡门运河之畔的本觉寺拜访高僧文长老的，因文长老是四川眉山人，可算得上是他的老乡。北宋熙宁六年（1073），两人第一次相见，叙乡情，说禅佛，汲泉煮茶，谈笑风生，临别苏东坡留诗一首《秀州报本禅院乡僧文长老方丈》。六年后的元丰二年（1079），苏东坡深更半夜再次到访，文长老已经卧病在床。问候宽慰以后，苏东坡留诗一首《夜至永乐文长老院，文时卧病退院》。第三次到访，是十年以后，元祐四年（1089），文长老已驾鹤西去，悲痛之余，留诗《过永乐文长老已卒》以表追思悼念之情。

　　苏东坡三访本觉寺，且留下三首诗作。南宋嘉定十七年（1224），本觉寺内建了"三过堂"，并将苏诗刻碑嵌于堂壁之上。明、清历代，又逐渐建了东坡祠、东坡台、东坡煮茶亭，并立东坡画像石等，泉亦以苏名之，以祀苏公。自建"三过堂"以后，本觉寺便成了江南历代文人墨客、士绅官吏敬拜、祭祀苏东坡的一方胜地，陡门一带竟也成了大运河岸的一处热闹繁华的市井。及至元代，在大画家吴镇笔下，成了《嘉禾八景图》上的一景——"空翠风烟"。吴镇在画上的题跋是这样的：

　　空翠风烟，在县西二十七里，携李亭后，三过堂之北。空翠亭四围竹可十余亩，本觉僧刹也。万寿山前，屹立一亭名携李。堂阴数亩竹涓涓，空翠锁风烟。骚人隐士留题咏，红尘不到苍苔径。子瞻三过见文师，壁上有题诗。

子瞻，是苏东坡的字。作为北宋中期的文坛领袖，苏东坡在诗、词、文、书、画等方面都有极高成就。所到之处，往往会兴之所至，留诗词于壁。

在本觉寺所留的三诗，史料所记未见上书于壁。但可以见到的是，嗜茶的苏东坡到三塔景德寺与方丈煮茶品茗，并题诗于壁的故事。而且，从中我们竟然发现了被苏东坡誉为"郭恕先后一人而已"的华亭逸人、书画大家李甲。

李甲，一个与苏东坡、米芾等人相互赏识的乡野村夫，应该是值得让后人铭记和敬仰的。

(2) 明万历年间县令谢应祥重修元代画家吴镇墓

至元代，吴镇的出现让嘉善文化呈现了空前绝后的精彩。

据《嘉善县志》所记，吴镇每作画，辄题诗文其上，或行或草，墨沈淋漓，与画相映成趣，时人号为诗书画"三绝"。当下，我们已经很坚信的是，吴镇是"元四家"之一，在中国绘画史上拥有着极高的地位，甚至有"文人画"开先河者的美誉。其实，对吴镇的艺术成就给予崇高评价，并尊崇其高山仰止的崇高地位，应该是在明朝中期，万历二十九年（1601）到任嘉善的县令谢应祥的作为，或许可以是一个佐证。

谢应祥《修梅道人墓记》中有这样一段始终未被重视的文字：

忆初下车时，搜延境内懿迹，仅寻得陆敬舆祠，锦官村落。越六年乃得仲圭。虽然敬犹楚材，况暗素可不错，如仲圭实隐然辟晋也。

谢应祥在任六年以后，方才寻得吴镇之墓。于是，便有了谢应祥重新修筑的吴镇墓。

于是，才会有松江陈继儒不顾年老体弱，专程驾一叶扁舟赶来祭奠梅花道人。细读陈继儒的《修梅花道人墓记》，字里行间洋溢着的是无限的敬仰之情、赞颂之意。或许，这就是明万历年间对吴镇的真正推崇和尊敬。

吴镇，字仲圭，号梅花道人。与吴镇同时期的元代画家盛懋、盛著叔侄两人，按民间传说与吴镇毗邻而居，那里常常门庭若市。叔侄俩在当时便是有影响的专业"画工"，盛懋善画人物、山水，盛著善山水兼工花鸟。依志传所云："时以吴仲圭墨竹、岳彦高草书、章文茂笔及懋山水称'武塘四绝'"。只可惜未见岳、章两人的详细记录。

(3) 姚绶在"元四家"与明代"吴门四家"之间的传承和联系不可或缺

在中国绘画史上，文人画的出现让绘画艺术增添了寄兴言志、抒怀写意的情趣，其往往会引诗入画，使诗书画三者相映成趣，以成形神兼备的意境创造和独具个性的思想传达。一般都将唐代王维推崇为文人画的开创人物，经宋、元两代又有苏轼、赵孟頫等人的发扬，文人画逐渐成为中国画独树一帜的一脉。其讲究笔墨心性、境界格调，追求画外之画、意外之意、境外之境。"元四家"黄公望、倪瓒、吴镇、王蒙以寄兴托志的写意为旨，怡情山水，寄语梅兰竹石，形成了文人山水画的典范风格。及至明代，以沈周、文徵明、唐寅、仇英为代表的"吴门四家"，在继承和光大宋元文人画传统的基础上，把"元四家"的文人水墨风格推向了一个新的发展阶段，不为物役，不被法拘，以最简单、最概括的绘画语言和手段，传达最深切的感受，表现各自不同、独一无二的艺术追求。

明初，有一个名叫姚绶的人，也是一个文人画家，而且是"元四家"与明代"吴门四家"之间传承和联系不可或缺的人物。

姚绶是明英宗天顺八年（1464）的进士，官监察御史。因与"当道"为忤，被贬谪，后因母老辞归。辞归的姚绶筑室丹丘，绕室种竹，又造沧江虹月之舟泛游于吴越山水之间，成了好惬意的一个隐士。作为前承"元四家"衣钵，后启吴门画派的文人画大家，姚绶存史的小景画好作沙坳水曲、孤钓独吟，其阔幅则见重林远汀、四五渔舟。无论秋林远岫、湖中钓舟，还是竹石幽谷、水曲景色，均墨色苍润、皴染结合、笔致潇洒，有风姿绰约之感、淡雅清逸之气。

(4) 许从龙创作了佛教绘画巨作《五百罗汉图》

大清康熙五十一年（1712）四月初七，庐山栖贤寺迎来了许从龙创作的《五百罗汉图》。

《五百罗汉图》的成功创作，让许从龙成为空前绝后的佛教题材绘画的巨匠。《五百罗汉图》除了被列为庐山栖贤寺的镇寺八宝之一外，还成为中国佛教艺术史和中国美术绘画史上少有的艺术杰作，影响深远。

许从龙，字佐王，号虎头。应苏州布政使南昌人万承苍重金聘请，历时六年之久，画成了《五百罗汉图》。在将其供奉至庐山栖贤寺后，万承苍写有一篇《栖贤寺罗汉图记》。记云：

幅广五尺，长一丈四尺有奇，法像大者高三四尺，小者可尺许，或援笔立成，或旬日乃写一象，毛发纤悉皆具，行坐笑语，杂出于山海、木石、鱼龙、鸟兽之间。变化无方，而端严清净之心穆乎可想。

《五百罗汉图》原作二百幅，画上人物生动形象、姿态万千。历经数百年，画作现存一百一十三幅，藏于江西省庐山博物馆，是国家一级文物珍品。康有为有诗云："图写罗汉二百幅，变幻雄奇似贯休。如如不动镇庐阜，千古同传许虎头。"

附：清光绪《嘉善县志》列传于"艺术"目下的书画人物

宋元

李甲　字景元。居华亭乡，自号华亭逸人。工画，作翎毛生动有奇趣。善填词，工小令，有闻于时。海岳外史（注：宋书画家米芾号海岳外史）尝称之。

盛懋　字子昭。父洪甫善画，懋承其学而尤过之，工山水人物花鸟。时以吴仲圭墨竹、岳彦高草书、章文茂笔及懋山水称"武塘四绝"。侄著，字叔彰，能全谱图画，运笔着色，与古不殊。

沈雪坡　魏塘人，好写梅竹。

林伯英　与雪坡同里，工写花鸟。

张观　字可观。松江人，元末徙居清风泾。尤善鉴别古器物、书画。性好砚，卒后以砚殉，俗呼"砚子坟"。

明

王立本　工画。山水人物师梁楷，子继宗师盛懋，各成一家。

吴爱蕉 嘉善布衣，弘、正间人，画法吴仲圭。

胡昺 字景明，号松轩。善画，工诗及写真。弘治间，以画士取入京师，因病归，更号雪樵道人。

姚惟芹 字东斋，绶孙。好古帖名画，时时摹写，得意处莫辨其为东斋笔也。

顾孝渊 居武塘。昆弟三人皆以孝友称。孝渊善草书，宗雪樵笔法，因号雪樵。

腾杲 字宏甫。性沉静，不慕仕宦。以笔墨自娱，山水花木妙绝一时。

清

鲍嘉 字公受。读书好丹青，师茸城（松江）沈韶。遨游燕岱间，名重于师。同里倪含，字幼含，善山水。

曹尔坫 字三宾，尔堪弟。工山水人物，得元人法。子鉴式，亦善翎毛花卉。

曹源宏 字天来，号甫田。工花鸟，勾勒赋色，得宋人意。子相文继其学，亦名著于时。

曹相凤 字西阶，号羽客。工丹青。乾隆乙酉南巡，献画册，恩赏荷包一对。同里孙用照，字葵石，善画翎毛。

薛宣 字辰令。山水取法王廉州（明末清初画家王鉴，曾任廉州太守），用笔厚重有气，一时之能品也。

黄世枢 字则含，号二峰，又号淡淡主人，善画人物，晚工青绿山水。然性介，不轻为人作。尝于罗星台画关帝像，生气凛凛。弟子陆春堂写照亦神似。

王坦 字履安。工写照，一时士大夫像尽出其手，展现宛然。工钩染者曹垲,字容照,得族祖相文指授。乾隆丁丑、壬午南巡,与供奉焉。工白描者奚延瑜,字烛门,号竹厂,山水亦秀润,与武林奚冈齐名,人称"两奚"。

施家懋 字德纯,号勖斋。善浓墨山水,有春夏气,名重于时。

董学熹 字石松。工写兰,画松尤挺拔。诗亦工,雅可爱。

郁榕 字荫城,号药农,工写兰竹,有挥洒自得之趣。

郁维垣 字邦藩,号鹤汀,与榕为族昆季。书法深得苏长公(苏轼)笔意。善写兰竹,以萧疏为能,不以重密为巧,亦复清挺有致。

黄灿 字冠山,号埜亭。侨居枫桥。画笔秀雅,喜仿袁尚统(明代苏州画家,善画山水、人物、花鸟,多画民间风俗),间作人物、树石,有卷轴气。写梅亦佳。

沈昌祚 字花南。工写照,神情逼肖。兼善花卉。同里顾简,字临南,善画山水松石,各臻其妙。

戴兆芬 字诵清,号卧云。工篆、隶,善画梅竹,有古趣,为时所称。

吴颐 字铁君,山水宗王翚(清初画圣,与王鉴、王时敏、王原祁合称山水画家"四王")。

孙友金 字传庆。善书,宗董文敏,一时罕有其匹。

许从龙 字佐王。侨居常熟,山水花鸟得宋、元法。所绘《五百罗汉像》,藏庐山。

陈如冈 字晋笙。工铁笔,所镌碑帖,较墨本不爽毫发。梁学士同书评为"江浙第一手"。

浦渊 字时痴,号通海。工琴,善山水。子树,字翠笙,工墨竹;桐,字琴材,工兰竹。

高元眉　字燕庭，号似山。工诗文，善书，并擅丹青。

郭龄　字松泉。居干窑镇，号半窑山人。幼喜绘事，弱冠依阮文达公于粤中纵观宋元真迹。后又从之入滇，遇山水奇奥处，心领神会，辄就旅次篝灯绘之，凡十余帧，题曰《万里纪游》。

黄寿湄　字菊泉，善花卉，出入新罗（清书画家，"扬州画派"代表人物）、白阳（明代画家陈淳，与徐渭合称"青藤白阳"）之间。

沈潮　字芦舟，善山水。

金淦　字仿山，号剑函。善书，旁通隶篆。工镌印，得秦汉人法。同时陈圻，字凝山，顾文治，字桐君，俱诸生，工隶书。

2. 空前绝后的匠心工艺

(1) 琉球国将张成、杨茂的剔红漆器进贡给了永乐大帝

大明王朝到永乐年间，经济与社会已经得到进一步巩固和发展，国力鼎盛，百姓安乐。其间，发生了几件对中国历史影响巨大的事：迁都北京，郑和下西洋，修纂《永乐大典》以及威服蒙古，收复安南，荡平倭寇等。后世评价明成祖朱棣为"远迈汉唐"，称"永乐大帝"。

有一年，永乐大帝收到了一份来自藩属国琉球进贡的物品，是出自工匠张成、杨茂之手的剔红漆器，如获至宝，爱不释手。于是，便引出了有关张、杨及其家传的一些传说。

其实，张、杨两人生活的年月，是在元代。依历代县志记载，两人都是斜塘杨汇的髹工，擅以戗金戗银之法制作髹漆剔红器皿。凡器用诸物，先用黑漆为底，以针刻画山水、树石、花竹、翎毛、亭台、人物，一一完整，然后用新罗漆。若戗金则调雌黄，戗银

则调韶粉。日晒后，挑嵌所刻缝隙，以金银箔铺漆上，新绵揩拭，着漆者自然粘住。复于熨斗中烧，灰锅内熔锻，浑不走失。这样详细地交代张、杨的髹漆工艺，在志书的人物传略之中并不多见。

据传张、杨的髹漆工艺传至东瀛日本后，被称为"堆朱"。又取张之名、杨之姓，合起来称剔红匠人为"堆朱杨成"。《日本国志》载："江户有杨成者，世以善雕漆隶于官。据称，其家法得自元之张成、杨茂。"

张成、杨茂均有作品存世，为博物馆所珍藏，有的还被视为镇馆之宝。北京故宫博物院藏有张成制的山水人物剔红圆盘，杨茂制的花卉纹剔红渣斗、山水人物纹剔红八方盘。安徽省博物院藏有张成制如意云纹剔犀圆漆盒。上海博物馆藏有张成制山水人物纹剔红圆盒。

永乐大帝在得到琉球国的贡品后，便欲征召张、杨两人，只可惜两人都已去世。张成有子名德刚，能继父业，遂被召进京，授以营缮所副职，并赐宅以复其家。

按方志载，元代与张、杨同代的善戗金者，还有一个叫彭君宝的，后来去山西霍州做起了"仿古定窑式"的营生，时人谓之"彭窑"。

到明宣德年间，有名为包亮的髹漆艺人，也以其高超的技艺而被召为营缮所副。

杨茂的后人一直传承着先辈的技艺，在晚于杨茂两百多年的明天启年间，出现了一个叫杨明的人，不仅是漆器高手，而且还是善于总结经验、提炼工艺的"理论家"。曾将黄成所著《髹饰录》逐条加注，并撰写了序文，使这部成书于明隆庆年间的髹漆工艺专著更为完备。《髹饰录·杨明髹饰原序》的落款为"天启乙丑春三月西塘杨明撰",那年是明天启五年,公元1625年。

(2) 朱碧山呕心沥血的铸银精品应该是龙槎杯

"欲渡银河隔上阑,时人浪说贯银湾。如何不觅天孙锦,只带支机片石还。"

这是朱碧山以篆书凿刻在银槎杯上的七言绝句。传说张骞能通西域,乘着用竹木编成的筏去寻访天河之源,在河湾处遇见织布仙女,没有觅得天上的绸布锦缎,只带回了一片织布机上用来压布的石头。银工朱碧山以其精湛绝伦的手工技艺,将张骞的传说制成了槎杯,不仅人物形象生动毕肖,而且编织杯身的竹木也栩栩如生。

朱碧山,名华玉,以字行世,魏塘人,元代至正年间的银器铸造名匠。善制名为"槎杯"的酒器,所制虾杯、蟹杯、人物杯等皆极具精妙,不施药焊,注酒自能流走,令人叹为观止。

另外,也铸有"昭君出塞""达摩像"和灵芝杯等,都是极其精细、神形真切如生的精品。

朱碧山所制银槎杯,已知还有三件存世,型制都是一位老者、一段老树,但人物形态举止不一,树干树枝造型纹理迥异。

藏于北京故宫博物院的龙槎杯,当是其代表作,也是经典之作。用白银铸一独木舟状,周身桧柏纹理的老树枯枝。中空可贮酒,上斜坐一老者,道冠云履,长须宽袍,手执书卷,若有所思。杯腹底部刻有楷书:"百杯狂李白,一醉老刘伶。为得酒中趣,方留世上名。"杯口下刻有行楷:"贮玉液而自畅,泛银汉以凌虚。杜本题。"倘若不是为他人(杜本)铸造此杯的话,也难以得见朱碧山是个深知个中三昧的好酒之人。槎尾还刻有"龙槎"两字,并有楷书说明"至正乙酉,渭塘朱碧山造于东吴长春堂中,子孙保之",还刻有篆文印章"华玉"。

或许,此杯当是朱碧山呕心沥血所制的精品。标志着元代铸银工艺的技术高度,同时也体现了朱碧山精深的书画与雕刻艺术造诣。

另外两件作品,一件在台北故宫博物院,一件为英国私人收藏。

3. 独领风骚的柳洲词派

(1) 郡守刘公在北城门外河道中堆建了一个名为"柳洲"的土墩

大明王朝的嘉靖皇帝在位时间长达四十五年,除了登基即位前期有所作为,实行了"嘉靖新政"外,后期因"壬寅宫变"而迷信方士,宠信权臣,二十多年不理朝政。以至于外患不绝,民怨沸天。

远在江南一隅的嘉善,在嘉靖三十三年(1554)终因不堪倭寇长期侵犯袭扰,所以就用银"三万五千八百五十六两九钱二分四厘六毫",使徒工一万人,征发民户七百四十余人,从当年十月至次年三月,修筑了周长一千四百八十八丈,占地三百五十三亩城墙。城墙外四周挖掘有宽六丈的壕沟。

嘉善的城墙特别牢固,还有许多固定的堡垒、码头。城外是一条护城河,它犹如一条壕沟环绕着这座城市。城内也有许多小河流水,人们驾着小船就可以到达各家各户……河上架有一座座桥梁,那可都是仔细敲打出来的石头砌起来的……

这是葡萄牙神父何大化1641年给梵蒂冈的报告中对嘉善县城的描述，成了不可多得的珍贵史料。从此，嘉善才拥有了真正意义上的城与池，历经明、清、民国，到20世纪50年代后期，大部分城墙被拆。现仅剩西南角上不足百米的一截，被当作旧城遗迹保存着。

城墙的修筑，"中断"了两千多年的伍子塘。清邑人孙焘有云：

南来之水由伍子塘达卖醋桥，会西来之水穿城北注于龙之生方、水之官旺方，直泻数十里。筑城之始，郡守万安刘公以为尾闾不可胜漏，乃建墩以湮其故道。又即埋为亭，东阙其口以通舟楫。（《善邑水道来去论》）

这里所说的卖醋桥应在离现存的卖鱼桥南不远处，由此可知一个信息：这里曾是个有糟坊醋行集散的地方。这段文字中说到的最重要的史实是，筑城之时，郡守刘公"以为尾闾不可胜漏"，所以在北城门外的河道中堆筑了一个土墩，让水流转向东去。后世称土墩为刘公墩，墩上建亭、植柳，名其亭为"柳洲"。后世一二百年，这里成就了在中国文学史上占有一席之地的"柳洲词派"，也成为嘉善文化史上的一个重要地标。

(2) 崇祯年间的县令李陈玉将环碧堂题名为"八子会文处"

刘公墩从嘉靖年间筑墩、建亭，到万历年间又建殿一、堂一、阁三层，居中的名曰真武殿，西为三层的文昌阁，东是环碧堂。于是，这里便真正成了一个让文人雅士聚集的好去处。

清乾隆年间的邑人曹庭栋有《题八子会文处》诗云：

堂开环碧柳荫稠，屈指名贤硕迹留。

文与苏曾参伯仲，人从晋宋想风流。

　　将"柳洲八子"作文写诗，与唐宋八大家的苏轼、曾巩相提并论，赞其为人做事，堪比魏晋之风流。

　　"柳洲八子"所指的是明末崇祯年间，每月在柳洲亭环碧堂上诗文雅集的八位年青才俊：钱继振、郁之章、魏学濂、吴亮中、魏学洙、魏学渠、曹尔堪、蒋玉立。想来当时的县令李陈玉也对此等雅事深有好感与赞赏，便亲题其堂曰"八子会文处"。于是，这一群年轻的文雅之徒就在此处留下了许多千古绝唱的诗词佳作，创造了一座嘉善文学的历史丰碑。

　　"柳洲词派"的命名，肯定是后世的文学研究者的说法。

　　明末清初的江南，随着社会经济的持续发展，氏族文化的不断繁荣，有影响的文学社团因附和着时代的政治潮流而集聚、而发声。作为一个郡邑的文学社团，柳洲词派甚至都没有一种形式化的组织、纲领，仅仅是因其相对集中的活动地点而被冠名。虽然柳洲词派在整个中国文学史的长河中，只是一个小小的支流，但是在绵延、存续的一百多年时间里，其和当时江南词坛各著名词派关系密切、交往频繁。柳洲词派因其存世时间之久、拥有的词人之多，所以能与明末相邻地区的词派，如云间、西泠、梅里等既相互交流，又彼此颉颃，共同创造了明末词坛振兴的繁荣景象。

　　有人依词派产生和词风递变发展的轨迹分析，判断柳洲词派原本崇尚的是晚唐五代的花间词风，与云间词派相近，后来改变而呈现了南宋的雄健之风，和浙西词派相似。故而便有了过渡的痕迹，有了桥梁和纽带的评说。

（3）曹尔堪、魏学渠、钱继章是三大家族词学数代相继的代表。

"词至柳洲诸子，几二百余家，可谓极盛。"（邹祗谟《远志斋词衷》）

清顺治年间编选的《柳洲词选》收录有嘉善词人158家、词作552首。从中，可以看到从明末到清初嘉善氏族阶层的变迁和延袭、传承，曹氏、魏氏、钱氏三大家族数代相继，既有强烈的政治色彩，又具浓郁的地域特点。

曹氏一门有十人入《柳洲词选》，堪称诗词世家。曹尔堪，字子顾，清顺治九年（1652）进士，是曹氏家族中的词学代表，更是柳洲词派的领袖人物。从明末崇祯年间柳洲亭环碧堂的每月会文，到清初康熙年间杭州江村、扬州江桥和京师秋水轩的三次诗词唱和，或与"柳洲八子"，或与"海内八家"，独领风骚、引吭高歌的曹尔堪以其大量的诗词创作，通过与他人的诗词唱和，引领着柳洲词风嬗变，影响着清初词坛发展。

魏氏在"柳洲八子"中占有三席，有八人入《柳洲词选》。魏氏是所有嘉善名门中卷入明末政治旋涡最深的家族，天启惨祸使得魏氏家破人亡。魏大中、魏学洢父子"忠孝萃于一门"，魏学濂、魏学洙兄弟至孝。同时，魏氏父子也都是诗人词家，留有不少佳作神品，让人读之不胜感慨。就魏氏一门而言，一直以来的评论是魏学渠在词学上的成就最著。魏学渠，字子存，号青城，清顺治五年（1648）举人。有《青城词》存世，以其琢句妍丽而又精核韵律的填词风格，在清初词坛产生相当大的影响。

钱氏，是嘉善最大的文化家族，也应该是江南影响时间最长、范围最广的高门大家。《柳洲词选》中列名的有钱士升、钱士晋、钱士贵、钱棅、钱栴、钱棻、钱继章、钱继振、钱继登、钱爛、钱熑、钱焜、钱烨、钱黯等数辈众人，相传盛承。其中，生活在崇祯年间的钱继章、钱继登兄弟俩，词学造诣最深，词名影响最大。钱继章，字尔斐，号菊农，崇祯九年（1636）举人，存有《雪堂词笺》，词作"整而有法"。

4. 名满江南的中医中药

(1) 吴弘道每治愈一病患所索酬劳便是让人植竹一竿

1995年版《嘉善县志》有这样一段关于历代名医的记述："自唐以来，境内名医辈出，明清尤盛，志书上有名姓者不下百人，入太医院任御医者有十人。"

按清光绪《嘉善县志》的人物志中列传或附传的医者，明代有28人、清代有50人。在如此众多的医者中，可以被称为历代名医的有吴弘道、陈以诚、袁颢、钱萼、蒋仪、高隐、金钧、唐学琦、沈又澎、俞震、唐达仙、黄凯钧、姚慎枢、吴炳等。其中，明代的吴弘道早在洪武初年就被征召为御医；陈以诚在永乐年间入太医院擢任院判，数次随郑和出使西洋；清代的唐学琦与吴门叶天士齐名。在明清的众多医者中还有一个现象，他们往往都是一门数代善医，累世业医，且众医家均有医著传世。

作为时名显赫的一代名医，吴弘道精于医术，疗人疾无不愈者。在清人曹庭栋《魏塘纪胜》中记述的，与志传所述略有不同。相比较而言，好像更为可信，且也更符合吴家的处世之道。《魏塘纪胜》云："每治辄效，其母戒勿索酬，唯令种竹一竿，积久至数千，遂名其地曰竹所。"

（2）钟介福堂的楹联是"宁药架满尘，愿天下无病"

传说魏塘中药有三宝：枸杞、何首乌、地骨皮。1995年版《嘉善县志》载，经四次药源普查，药用资源计308种。其中，枸杞、地骨皮质量最优，享有盛名。

中药的采集与销售记录始见于宋，先是行商行销，后为专业坐商。明代置惠民药局。清代废官药制后，私营药业兴起。早期药店有创办于嘉庆十四年（1809）的西塘张万育堂、创办于道光二十年（1840）的天凝焦恒德堂、创办于咸丰六年（1856）的魏塘三山堂、创办于同治二年（1863）的魏塘葆元堂、创办于同治十年（1871）的张汇陈合和堂、创办于光绪十一年（1885）的西塘钟介福堂。此后，仅魏塘相继开张的药铺有松寿堂、益善堂、大地春、天泽堂、延生堂、大生堂、天一堂、明贤堂、陈月记、蒋介育堂等。民国三十七年（1948）登记全县中药店有44家，传统生产的成药有300多种，其中丸220种、膏33种、丹37种、曲5种。

位于西塘古镇塘东街上的大药房"钟介福堂"，是由西塘名医钟尔墉独资经营的。钟尔墉之所以创设药房，是为了使处方与道地药材相配合，以提高治疗效果。钟尔墉研究了各地冬令补品驴皮胶的长短之处，要求全部采用纯黑且冬天宰杀的冬板皮。铲毛，割除头、脚、尾等次品，除尽油脂杂质后存放一年以上，经霉天和大伏天自然去腥，到冬季采用无锡的惠泉水熬制。"钟介福"薄片驴皮胶质纯水分少，呈半透明青褐色，无腥臭异味。钟尔墉为诊疗儿童疰夏厌食症，找到了明代陈实宗《外科正宗》中的八仙糕处方，进行加减，辅以健脾消食的山药、扁豆、芡实、山楂、麦芽等中药，用纯糯米粉、精白糖制成薄片药糕——八珍糕,开胃、和中、消食、止泻、健脾作用明显,是药品却无药味,也是糕点佳品,老少皆宜。"宁药架满尘,愿天下无病",钟介福堂门的楹联,传达的正是钟尔埠和这家百年老药房悬壶济世的仁心、理想。

5. 个性鲜明的嘉善田歌

(1) 长篇叙事田歌《五姑娘》的传唱风波

在金天麟先生编著的集嘉善田歌之大成的《中国·嘉善田歌》一书中,收集整理了众多的田歌作品。其中,关于"五姑娘"的就有好几个"本子",最著名的是"十二月花名体"的本子,相传是清末有一个会唱田歌的裁缝陆师傅,在听到五姑娘与徐阿天的爱情悲剧以后创作的,并且在走街串巷做裁缝生意的过程中传唱了开来。

以"十二月花名体"为起首的田歌《五姑娘》,在口口相传的演唱过程中,不断有改编、增加,最终成为一部再现富家小姐五姑娘与长工徐阿天的爱情故事,展现清末杭嘉湖城乡的社会现实、乡土风情和地方特色的艺术长篇田歌,被誉为"汉族长篇叙事民歌中空前的巨作"。著名文艺评论家、美学家王朝闻先生更是将其与彝族的长篇史诗《阿诗玛》相媲美。

1981年12月,江苏吴江的张舫澜先生根据对田歌手陆阿妹演唱的《五姑娘》进行书面记录整理,形成了2900多行的文本,拿到首届吴歌学术讨论会上亮相,引起了巨大的轰动。于是便带来了一段关于田歌《五姑娘》作品属地的风波。

被誉为"山歌女王"的陆阿妹,天生一副好嗓子,出生于陶庄杨家浜,随夫而改姓陆。其父是当地的田歌师傅,陆阿妹自小就耳濡目染学唱田歌,据说能唱500多首,而且是各种曲调都会,是个能立地唱、立地编、立地变的好歌手。抗战时期,一家逃难,落脚定居于吴江芦墟。中华人民共和国成立后,陆阿妹夫妇分别在镇上的小学、中学做校工,工余即兴哼唱着的田歌,吸引了许多学生。张舫澜便是其中之一。

陆阿妹的传唱,张舫澜的整理,让田歌《五姑娘》获得了空前的赞誉和瞩目。

(2)"嘉善田歌"的命名理由及其历史渊源

2008年,嘉善田歌被列入"第二批国家级非物质文化遗产名录"。

"嘉善田歌"作为一种口口相传的民间演唱艺术,一般都被称为"山歌"。而且,其自古以来就有相应的表演形式,如"哼唷哼唷"派。从某种程度上讲,它是人类思想情感表达、交流的一种原始方式。

"嘉善田歌"成为一种相对固定的表演艺术的时间节点,或许如历史学家所说的"以五代时吴越国王钱镠所唱的为早"(顾颉刚)。因嘉善地处春秋吴越相争之地,故又被称为"吴根越角",又因自东汉、三国至两晋及南北朝,此处皆吴郡属地;所以,最早的文字记录又称"嘉善田歌"为"吴歌"。《乐府诗集》卷四十四中,《吴声歌曲》题解引《晋书·乐志》云:

> 吴歌杂曲,并出江南。东晋以来,稍有增广。其始皆徒歌,既而被之管弦。盖自永嘉渡江之后,下及梁、陈,咸都建业,吴声歌曲起于此也。

研究者一般视明末清初冯梦龙所编之《山歌》,为最早的吴地山歌作品采风集，其共收录有民间歌曲小调356首。其中被认定为嘉善民歌的就收录在《桂枝儿》《夹竹桃》中。

之所以将这些在20世纪50年代收集整理嘉善民间歌曲小调名之为"嘉善田歌"，理由有三：

一是演唱者都是种田的农民。都是农民在生产和生活中口头创作、即兴应景演唱，表达日常劳动、生活体验和情感意趣，描绘水乡田野的作品，带着一种浓郁泥土气息的艺术追求和美学理想。

二是都用嘉善地方的方言演唱。口头创作，口口相传，而且主要流传于汾湖四周，特别是在南岸的乡镇。"根据江苏、上海、浙江三省市民歌集成所记录的谱例来看，它只流传在三省市毗邻的嘉善、嘉兴、平湖、吴江、昆山、太仓、青浦等县境内，而其中心则在嘉善。"这是《中国民间歌曲集成·浙江卷》主编马骧的判断。

三是在流传的中心区域，只有一望无际的田野和密布如网的河流，坦坦荡荡，一马平川，没有一座山，不见一丘陵。

"嘉善田歌"是农耕文化的"活化石"，对于民风民俗、江南社会、地方语言、水乡文化及民族音乐等众多学科，都具有很高的研究价值。

三、彰显嘉善文化理性思想的学识认知

1. 积德行善与礼义崇仁之举

(1) 明万历举人吴志远在祥符荡之畔建造了一座名为"荻秋"的书院

清光绪《嘉善县志》关于"荻秋"主人理学家吴志远的传略

中，有这样的一句评价："武塘理学自龙溪后，复振于志远。"

明正德十二年（1517），县丞倪玑在县城建思贤书院，理学大家王畿（龙溪）驻院主持，为嘉善理学兴盛开先河。到万历十六年（1588），吴志远结庐"获秋"于祥符荡畔，与东林学派高攀龙、归子慕等往来谈道，嘉善遂成名振一时的理学高地。

在其前后，涌现了一批有影响的理学名士大家。县志人物志专列有"理学"一章，罗列了明清两代17位有影响的理学家。从传略的文字中可以读出每一位人物在理学修为上的不同与卓越。明代11位：钱承统，静修；丁寅，笃行；曹津，孝德；曹穗，孝义、性理；夏九鼎，良知；吴志远，兴文造士；曹烈，无欲、立诚；卞洪载，笃信、静冶；李奇玉，清慎；钱杙，仁义；陈龙正，有体无用。清代6位：沈岗，诚笃；李公柱，居敬穷理；陈揆，敦行、周急；毛正学，事亲尽孝；沈煌，笃志励行；徐善建，笃信。

明末文学少年魏学洢曾在"获秋"书院求学，后以"门人"身份写有《雪鸥阁记》一文，为后世留下了关于书院建设的宝贵记录。"雪鸥阁者何？获秋庵雪鸥阁也。获秋庵者何？子吴子别业也。"获秋书院的建筑有雪鸥阁、点瑟轩、巢居、班荆馆等。

"获秋"书院的存在，让嘉善的文人学子和明末的东林党发生联系，也让以魏大中为代表的一批士人陷入了残酷而又血腥的党争之中，以至魏氏一族以"忠孝萃于一家"而致父惨死、子殉孝。"获秋"书院的淹没、消逝，也正因明末党争之故。

嘉善最早创办的书院是县丞倪玑于明正德十二年（1517）创设于县治东的思贤书院。思贤者，追思乡里先贤陆贽之谓。崇祯年间被毁于兵燹。另外还有明崇祯十年（1637）知县李陈玉在柳洲亭东北建鹤湖书院，清废。清乾隆二年（1737）知县张圣训在城东大安坊原程氏别墅重修改设为魏塘书院。同治七年（1868）邑绅陈宗溥、郁以瀚在枫泾镇创设枫泾书院。光绪十二年（1886）邑绅郁洪谟、胡趋仁借斜塘南栅育婴堂设平川书院，后迁北栅四贤祠。

(2) 明崇祯年间"一代醇儒"陈龙正的理学实践

"少从吴武部志远游。已又事高忠宪，得复约身心之学，以为儒者贵名实兼备，有体无用，无益也。故其学精研性理，而旁畅经济。"

这是清光绪《嘉善县志》关于陈龙正的传略所云。

陈龙正（？—1645），字惕龙，号几亭，私谥"文洁"。崇祯七年（1634）进士，授中书舍人。无论是中书舍人陈龙正，还是善政实践家陈龙正，其一生的作为始终体现的是"生生为心"的理学宗旨，表达的是"为民而事君"的思想理念。

作为明末士绅社会的一个代表性人物，陈龙正可以算作是自唐宋而降的嘉善历史人物分水岭的象征。在其之前，包括陈龙正在内，嘉善涌出了众多在历朝历代有政治影响的家族和人物。而在其之后，或者更确切地说是自明亡之后，嘉善的氏族门阀都以一种自觉的形态，远离了政治，远离了朝政。

明末社会，陈龙正以及同善会的存在能够看得出，在江南社会，家族经济、文化正在成为历史发展的重要力量，成为社会进步的支撑力量。但是，随着明清的朝代更替，以陈龙正为代表的家族和由这些氏族阶层支撑的同善会这样的社会组织，也渐渐消逝。以至于到清光绪《嘉善县志》的陈龙正传略中，作为陈龙正一生最有建树的"同善会"，竟未有一字被提及。个中意味，除了统治者的意志外, 更多的或许也是社会管理形态的真实写照: 士绅阶层始终没能成长为社会的中流砥柱。

那么, 陈龙正除了因时救荒的实践探索, 最重要的便是其对"同善会"的创建和推进。崇祯四年(1631), 陈龙正创立同善会, 秉持一方富户救助一方贫民的理念施行赈灾救济。从设立会馆、筹募会资、组织会讲, 到建设义庄、社仓等, 在实践中不断完善组织结构和管理形态, 开创了中国近代慈善事业发展的先河。

作为一代理学大家, 我们对陈龙正的思想和实践的关注、研究和宣扬, 做得很少。《几亭全书》堪称是一部独具史料价值的晚明江南社会、经济、文化的全书。其中, 陈龙正的"荒政"思想、理念, 更是既有实践探索总结, 又有理性研讨, 值得后世深入研究。

比较袁了凡的"立命之学", 因为其是训子之作, 所以更多的是修身以改变命运, 重于利己, 是思想之著。而陈龙正的"荒政"思想、理念和实践, 因为是赈济救灾, 所以更多的是舍小家以济度众生, 重于利他, 是行动指导。

2. 立德立言与著述传道之行

(1) 慈山居士信手便做成了一件被后世广为传颂的文化精品

《魏塘纪胜》《续魏塘纪胜》是生活相当优渥闲适的慈山居士曹庭栋在闲暇之时, 做成的被后世广为传颂的文化精品。

《魏塘纪胜》和《续魏塘纪胜》两册, 共有162首胜地、胜事的题咏诗, 生动展示了以县城魏塘为中心的嘉善文化胜景。

历代嘉善的名门望族在城乡建筑的别业, 如宋之陆庄(陆瑀), 元之水村(钱重鼎), 明之北山草堂(沈莱)、桐村小隐(周鼎)、梅花渡(支如玉)、客园(钱继登)、溪嘿(钱继章)、遁溪(钱士升），清之东园（曹庭栋）、桑榆小筑（钱栴）等，是文人雅士聚集交流之地，也是主人著书立说之所。"水村"成为一种在中国绘画史上有影响的文化现象，桐村给后世留下了一份记录江南各地有名望人家的地方史料，钱继登用诗词让柳洲词派在中国文学史上登台亮相，曹庭栋以《老老恒言》成了一代养生大家。

需要点到的是，作为素有文化之邦美誉的嘉善一邑，在明清两代被县志收录的历代像曹庭栋这样的文苑人物共计有788人，记载为《四库全书》收录或存目的嘉善籍人士著述的经史子集各类作品有70余种。

(2)清嘉庆年间小老儿钱樾将元季画家吴镇的草书《心经》带回了老家

清嘉庆十年（1805），在朝为官四十余年的小老儿钱樾，终于离开京城朝堂，匆匆赶往江南老家。

钱樾（1743—1815），字抚棠，号黼堂，魏塘人。清乾隆三十七年（1772）进士。小老儿钱樾随身带着两件宝贝。一件是乾隆帝当年赏赐的龙尾石砚，另一件是在他当成亲王老师时获赠的元季画家吴镇的草书《心经》。

荣归故里的钱樾，不再过问地方政务，也不去拜访地方官员，修身养性，享受着颐养天年的快乐与幸福。他将破旧了的老宅精心收拾修整了一番，翻建中厅大堂并将其名为"传砚"堂，张扬赐砚恩泽。又摹写勒石，让梅花道人仅存于世的草书长卷《心经》，四百多年以后和人重结墨缘："广此意，摹渤上石，置之梅花庵中，更与道人结一重翰墨缘也。"

钱樾的一个行为，为嘉善历史文化书写了魅力永恒的光彩。

(3) 清代的枫泾小镇上建有四大藏书楼

限于手头史料,无法交代县城魏塘及西塘、陶庄等千年老镇在明清时期曾经拥有的藏书楼(室)情况。

宋代活字印刷的发明,对书籍印刷业的发展是一种飞跃式的促进。到明清以后,特别是清代的江南文化发展有一个令人叹为观止的现象:藏书。如果说明万历年间在嘉兴的项元汴以天籁阁书写了中国书画作品收藏的绝响一页的话,那么,自明而入清的宁波天一阁等,便是浙江藏书之盛的标志与象征。"有清一代藏书,几为江浙独占。"清代,枫泾南镇四大藏书家和藏书楼的出现,应该可算是嘉善文化的一份光彩。

四大藏书家和藏书楼分别是孙琮的山晓阁、程维岳的淞笠斋、谢恭铭的望云楼、程文荣的茹古楼。

孙琮(1636—?),字执升,号寒巢,黄山籍,客居清风泾。好藏书,所居山晓阁乔木参云,有藏书万卷。

程维岳(约1740—?),字申伯,号爱庐。清乾隆四十五年(1780)进士,官礼部郎中、监察御史等,辞归后一心著书立说,曾任职无锡东林书院主讲。藏书楼名淞笠斋,有书两万多卷。

谢恭铭(1754—1820),字寿绅,号若农。明万历知县谢应祥后裔,清帝师谢墉次子。乾隆五十二年(1787)进士,官至内阁中书。藏书楼名望云,藏书达万卷之多。

程文荣(约1790—1853),字鱼石,号兰川,又号南村。藏书楼名茹古,藏书万卷。

3. 众教融合与世俗教化之流

(1) 居士袁黄在明万历年间倡议刻印《嘉兴藏》

明万历元年（1573），袁黄在大胜禅寺习静时，与寺僧幻余禅师议起刻印《嘉兴藏》，迅即得到云谷、紫柏、真可等一众高僧和陆光祖、冯梦祯等社会贤达的认可、支持。从明末到清初，《嘉兴藏》始终是在民间僧众及士人的参与下刻印，并结集而成了中国历史上规模最大、价值最高的一部大藏经，具有极高的权威性、科学性和内容完整性，是明清禅宗史研究的重要历史文献。

《嘉兴藏》的刻印实践，本身就是宗教世俗化的一个过程。经是佛经，但已经不限于寺院，也不限于僧侣，而是倡议社会大众共同参与、支持。

(2) 供奉地方神祇是宗教世俗化的重要标志

嘉善境内最早的佛寺为慈云禅寺，创建于三国东吴时期（222—280），建有大雄宝殿、千佛阁及两座方形阿育王塔等。最早的道院是风泾（后称枫泾）的澄真道院，相传建于汉代。

唐佛宋道，唐建的寺观有干窑北大圣寺，魏塘大胜寺、景德寺、风泾仁济道院、魏塘神仙宫等，宋建的有大胜寺、泗洲塔，陶庄圆觉禅院、魏塘东岳宫、宁和道院，陶庄清宁道院，西塘东岳庙、福源宫，风泾玉虚观等。到清末，全境有禅寺9座、禅院12座，有道观22座。另有释道合一的关帝庙5座。

寺庙供奉有如来、观音、弥陀、韦驮等，还供奉有二老爷（救过朱元璋的英烈侯，45处）、七老爷（护国随粮王，11处）、施王老爷（抗金英雄施全，10处）、刘王老爷（7处）、刘猛将军（驱蝗神，3处），还有龙王、牛神、天花司神痘花菩萨、蚕花菩萨、城隍等地方神衹。

地方神出会,有水会、旱会、夜会,既是祭神庙会,又是民间社交贸易活动。

(3) 其他宗教的传入与发展

有史料载,在明末清初,浙东天主教传教过程中,魏学濂、魏学渠两人都有相应的活动参与。葡萄牙传教士孟儒望著《天学略义》一书,1642年在宁波刻印,有言"携李魏学濂、甬东朱宗元校正"。西班牙方济各会传教士利安当著《天儒印》一书,书中有署为"康熙甲辰(1664)夏闰浙嘉善魏学渠敬题"的序,云:"余发未燥时,窃见先庶尝从诸西先生游,谈理测数,殚精极微。"嘉善博物馆里也采信上述所说。只是,由此而论天主教此时在境内传播,或许还是很牵强的。

嘉善天主教堂最早建设于清光绪二十五年(1899),西门周姓居民十余人原在平湖天主堂受洗入教,因瞻礼不便,所以设堂行祈祷仪式。光绪三十四年(1908),在花园弄底置田建房十四间作教堂,民国八年(1919)神甫驻堂,民国十二年(1923)建圣楼一座,民国十四年(1925)又建女教堂一座。另外,在大通、干窑、大舜、凤桐、大云、西塘、善西、嘉兴湘店等发展有8所分堂。

嘉善基督教传入始于清咸丰四年(1854),光绪十九年(1893)在马路口建福音堂。后在西塘、枫泾、大通、杨庙、天凝等地布点,到新中国成立前统计有耶稣堂6座、福音堂2座、天命堂1座,另有聚会点4处、布道所2处和临时点1处。

用散点平视的眼光来审视,发现在江南文化的天幕上,明清时期的嘉善历史文化很有个性、很有特色。

　　当然，因为在相互联系和共同促进的逻辑思考相对缺失以后，我们对每一种文化形态的描述、解析，都会显现散乱和孤独。所以，我们会生发出一声叹息，感叹嘉善文化传统的消失与逝去。

　　立足于社会进步与经济发展之上的嘉善文化，在明清时期的表达丰满而又精彩。即使我们将各种文化的表达形态进行割裂、分解，依然能够从中抽取出独一无二的存在，能发现曾经的灿烂与辉煌。

　　史料如山，史料如海。站立在这一堆饱含着传统人文思想、浸淫着历史文化精髓的史料面前，去思索明清嘉善文化内在的理想，去探究明清嘉善文化形而上的外在表现，我们除了感慨和叹息，还应有自觉和自信，应更加努力去继承、弘扬、创新，用新时代的视角谱写嘉善文化繁荣发展的崭新篇章。

　　　　　　　　　　　　　　　　　　　2022年11月9日

虽三家之村必储经籍

——明清时期嘉善的藏书人家漫述

　　凡是江南一带的古镇，除了水乡的韵味，除了吴侬软语，除了鱼米丝帛，往往还会有几处书楼，还会有几处藏书人家的印痕。

　　但是，在嘉善境内，无论是县城老镇魏塘，还是千年古镇西塘，现存的竟然没有一处是曾经的书院，也没有一处是曾经的书楼。

　　"草堂人静有书声""虽三家之村必储经籍"……仿佛这些当年的描写，都未曾出现过。

　　可能吗？"世间几百年旧家无非积德，天下第一等好事只是读书。"嘉善人自古以来就有好读书的传统和习惯。

　　地处江南水乡的嘉善，虽然只是地方小县，却也被素称文化之邦。明清历代，名门间出，望族迭起，清门硕彦、文人雅士传承不绝，是组成江南文化不可或缺的一个重镇。

　　从明宣德五年（1430）置县，到清光绪三十二年（1906）科举取士停止，嘉善累计登第进士187名、举人510名、"五贡"493名，是全国出魏科人物最多的26个县之一。其间，收录在志书中有"炳炳璘璘足传后世"的"文苑"人物788人，记载为《四库全书》收录的善邑著作15种422卷，另有49人58种著述580卷存目。

明清时期的嘉善士绅人家，往往又多是家有万卷的藏书人家。

那么，我们是否可以从历代旧志的故纸堆里，从人物传记的字里行间，寻找出曾经存在过的藏书人家，窥探见曾经影响广泛的书楼痕迹。

明代，可以发现的书楼一般都是在藏书人的家里

首先，我们找到的是古镇西塘的桐村书屋。

在历代所修的《嘉善县志》上，明代的周鼎和宋代的陈舜俞、元代的吴镇并称为"邑中三高士"。

桐村，就是周鼎的住处。自号桐村的周鼎，现今给予的称呼有学者、藏书家、书画家。自幼聪敏过人，读书过目成诵。明正统年间（1436—1449），应聘从征闽寇，因功授沭阳典史。后因岁饥为民请赈而忤逆当道，罢官归里。按志载，周鼎将其居处署为"桐村书屋"，平日里上门求诗求文者云集。又载周鼎曾旅居苏州卖文，吴中墓志、谱牒多出其手。周鼎为文严整警敏，援笔立就，尤以文学著名，其绝句独步江南，被誉为巨擘，有《桐村集》《疑舫集》《土苴集》等著作行世。

周鼎又尤喜藏书，在桐村书屋内专辟一名曰"荷锄处"的地方，藏有众多珍本和孤本。

从古镇西塘离开，我们的目光移向了更早些时光的胥山脚下，那个名叫大云寺的地方。在那里我们发现了大画家姚绶的身影，而且还看见了一个祖孙几代相继传承的藏书人家。

姚氏一家对书画、金石的痴迷，最起码要从姚黼（1400—1446）开始说起。

姚黼是姚绶父亲，字廷章，号松云居士，居住在云东陆庄。姚黼嗜古籍，富藏书，专门建有陈列鼎彝金石、法书名画的屋室，且悠悠然而以诗、书、画自乐，被人称为"可闲先生"，留有《可闲先生逸稿》。

姚绶秉承了父亲藏书、工诗文、善书画的志趣，将丹邱书屋、云东仙馆、玄同轩等都弄成了藏书处。姚绶是明英宗天顺八年（1464）的进士，官监察御史。曾经是非常得宠的京官，不想"未几忤当道"而被贬谪去永宁做了个知府，后以母老辞归。值得庆幸的是，历史失去了一个御史，成就了一个画家，而且是一个在中国画史上不可或缺的画家。辞归的姚绶在大云临水筑室，称其地为"丹丘"，故人称他为"丹丘先生"。又造沧江虹月之舟，泛游于吴越山水之间。作为前承"元四家"衣钵，后启吴门画派的明代早期文人画大家，姚绶堪称"元四家"与"明四家"承前启后的桥梁，也是明代影响甚巨的吴门画派的前期画家。著有《榖庵集》《榖庵词》《云东集》《大易天人合旨》《句曲外史小传》《五大夫传》《云东集》《姚御史诗文》等。

姚绶在当地影响时至今日，当地仍有称"姚御史家"一说。前面的河道，因当年姚氏府第前立有旗杆石，故名曰"旗杆浜"。

旗杆浜的藏书传承，一直到姚绶的孙辈之中，还有一个叫姚惟芹（1479—1526）的人物，字东斋，贡生。好古帖名画，时时摹写。被誉为书画家、藏书家。著有《东斋稿略》。

那么，接下来的记述会是更加简约的交代，我们就罗列一下可以发现的明代还有的那些藏书人家吧：

一是陈山毓的藏书。陈山毓，字赉闻。"敦伦好善，所居左右图书数千卷。"明万历四十六年（1618）浙闱第一人。善骚赋，为世所宗。中岁有咯血疾，年三十八卒。

二是潘炳孚的藏书。潘炳孚，字大文，明词人。其父曾任兴化太守，家中藏书颇多。三年卒读，雄于文。崇祯三年（1630）其科考试卷深得主考官叹赏，拟擢第一。为人矜持傲岸，不屑于与俗人为伍。遂废于酒，年未三十而卒。著有《珠尘遗稿》存世。

三是顾尔梅的藏书。顾尔梅，字树之，附监生，秉性和厚，好义乐施，书楼藏书甚丰。

四是沈师昌的藏书。沈师昌，字仲贞，号长浮，自号北山主人，居麟溪。家中藏书万卷。著有《北山诗文集》。

五是沈衡的藏书。沈衡，字南罔，国子生。沈氏书屋藏书甚富。

清代，能够找到的藏书人家一般都建有专门的书楼

由明入清，嘉善各地的士绅家族更加热衷于家藏万卷，城乡社会也呈现了更多的儒雅之风、耕读传承。

随着商贸经济的进一步繁荣，城镇规模和数量也随之增加、扩大。魏塘、西塘、枫泾、陶庄、大云、干窑、天凝、丁栅等原有的或新兴的城镇，成为社会活动的中心和集聚点，也自然成为文化的重要集合点与传承地。

那么，就按地域来介绍说明清代的藏书人家。

首先，得说在县城魏塘镇的藏书家与藏书楼。

一是曹尔堪的藏书。曹尔堪（1617—1679），字子顾，号顾庵，嘉兴籍华亭人，寓居嘉善魏塘。清顺治九年（1652）进士，授编修，累官侍讲学士、分校礼闱，曾与他人校注唐诗。好藏书，家藏图籍颇富，惜所藏书目失载。嗜读书，过目不忘。尤工文词，与王士祯、宋琬、施闰章、王士禄、汪琬、程可则、沈荃相唱和，称"海内八家"。著有《南溪词》《南溪文略》《杜鹃亭稿》《南溪词文略》等。

二是周升桓的藏书。周升桓（1732—1801），字稚圭，号山茨。清乾隆十九年（1754）进士，入翰林，官至广西巡抚。以母老回籍养亲。曾主讲安定书院，生平好藏古籍书法碑帖。擅吟咏，著有《皖游诗陈》《说文字源》。书法米芾、苏轼，所刻《仁本堂帖》现置嘉善梅花庵碑廊。

三是黄安涛的藏书。黄安涛（1777—1847），字凝舆，号霁青，晚号葵衣老人，清嘉庆十四年（1809）进士，以传胪授编修，官至潮州知府。归里后，曾主讲鸳湖书院。博学工诗，亦精医，曾参修《嘉庆一统志·文苑传》，著有《诗娱室诗集》《息耕草堂诗集》《真有益斋文编》《说经中义》等。家中富有藏书，书楼名为"真有益堂"。

四是徐善建的藏书。徐善建（1649—1725），字孝标，人称杉泉先生，清康熙八年（1669）贡生。嗜藏书，建有杉泉书屋，分东西两楼，分类贮藏书籍字画碑版等。日与名流后进登楼纵观讲学，虽子嗣亦不可携书屋所藏以出。

五是曹庭栋的藏书。曹庭栋（1699—1785），字楷人，号六圃。清康熙五十六年（1717）廪贡生。少嗜学，工诗，中年后绝意进取，乾隆元年举孝廉不就。所居累土为山，自号慈山居士。园内环植花木，以弹琴赋诗、写梅兰竹石、摹篆隶以自娱。喜著述，五十岁后杜门著书，有《宋百家诗存》二十八卷，论者称足补《宋诗钞》之阙。《四库全书》收录与存目著述有8种90卷之多。著作有《产鹤亭集》《昏礼通考》《老老恒言》等。藏书楼有两处：二六草堂、幻不壬屋。

其父曹源郁，字锦含，号朴存，所居东园藏书极富。清雍正元年（1723）诏举孝廉方正，后选庆元县学博。庆元山僻，士子鲜有藏书，源郁载家藏古今文亲授，卒于任上。著有《宸翰堂稿》《东园叟杂纂》。

六是丁嗣徵父子的藏书。丁嗣徵，字集虚，号雪庵。清康熙二十年（1681）前后在世。性嗜古，喜藏书。工诗，清逸有致。著有《雪庵文存》，为《四库全书》集部别集存目，另有《雪庵诗存》。子丁桂芳，一作桂芬，字云士，号筠溪，又号方谷，晚号知白居士。绘画、篆刻无不精妙。所居城南泊素园有林泉之胜，构读书楼于其中，图书碑版，积累充栋。著有《方谷诗钞》二十卷、《泊素园咏物诗》。

另外，魏塘镇上还建有书楼（屋）的藏书人家有：

钱源来，家有藏书数千卷，著有《揽云轩诗钞》。

周震荣，好藏书，著有《筤谷诗稿》《周礼萃说》。

钟文烝，有书楼信美堂。好藏书，喜刻书。成书《春秋穀梁经传补注》，并著有《乙闰录》《信美室集》《论语序说详正》等。

吴炳，医学家。著有《证治心得》《证治集腋》。好藏书，藏书楼名为"惜阴书屋"。

沈景谟，工诗善书，又好藏书，惜早卒。著有《潜庐箧存草》。

陈唐，专心古学，工诗文。著有《青芝山人集》，并辑录有《周易会解》。

金福谦，篆刻家。好藏书，家藏唐宋元人未刻遗书数种。其篆刻精绝，识者比之于金。

夏叙典，耽书，每遇善本必以原价酬之。著有《力轩遗稿》。

其次，得要说说在当年更有影响的枫泾镇上的藏书人家。

时至今日，我们还能在枫泾镇上看见已经修缮为旅游景点的清代所建的四个藏书楼。

一是孙琮的藏书楼山晓阁。孙琮（1636—？），字执升，号寒巢，黄山籍，客居清风泾。好藏书，所居山晓阁乔木参云，有藏书万卷。著有《山晓阁宋大家选集》《山晓阁左传选》等。

二是谢墉父子的藏书楼。谢墉（1719—1795），字昆城，号东墅，一号金圃，别署听钟居士。清乾隆十六年（1751）南巡赐举人，十七年（1752）进士。授内阁中书、尚书房行走，历官吏部左侍郎。是《四库全书》总阅官。好藏书，藏书处名为安雅堂。次子谢恭铭（1754—1820），字寿绅，号若农。乾隆五十二年（1787）进士，授内阁中书、文渊阁检校。为人淡泊，为儒林高士。秉承父志聚书，书楼名为"望云楼"，藏书达万卷之多。

三是程廷献父子的藏书楼。程廷献（？—1835），字书城，号拥岩。购书藏书数年，积书甚富，筑瓶庐以藏。辑佚《帝王世纪》《三辅决录》《仓颉字林》等十余种。子程文荣（？—1853），字鱼石，号兰川，又号南村。官江宁府北捕通判。承其父藏书，酷嗜金石文字及宋元椠本，藏书处为"茹古楼"。清咸丰三年（1853）二月，太平军攻江宁，死于战火中。卒后，珍庋均毁于战乱中。著有《嘉兴府金石志》《江宁金石志补》《钟鼎校误》《绛帖考》《南村帖考》，辑有《隶续补》。

四是程维岳的藏书楼淞笠斋。程维岳（约1740—？），字申伯，号爱庐，嘉善枫泾镇人。清乾隆四十五年（1780）进士，累官内阁中书、礼部郎中、会试同考官、军机处行走、山东道御史兼兵科给事中、万寿盛典提调兼方略馆总纂。参与纂写《南巡盛典》《盛京通志》等。后丁忧辞归，一心著书立说，曾任无锡东林书院主讲。藏书楼名"淞笠斋"，有书两万多卷。

另外，还有戴宾的四咏阁藏书楼。戴宾，字西雍，号二蕉，清乾嘉间人，官授国子监典簿。事亲以孝，又好施。尝筑"四咏阁"，置图书珍玩于其中。

第三，让我们去西塘古镇，看看清代的藏书人家需要让后人知道的应该有哪些。

一是郁鼎钟的藏书楼心香阁。郁鼎钟，字金声，号彝斋。清道光六年（1826）进士，官授江西泰和县令，曾主讲赣州阳明书院五年。好藏书，书楼名为"心香阁"。著有《平川旧闻》《心香阁诗抄》《闻旧识余》《校补袁氏纪年类编》《彝斋文集》等，辑有《平川诗征》。

二是施椅的书龛藏书。施椅，字楚望，自号书龛居士。诸生，世为华亭（松江）望族，清初徙居平川文水漾侧。有一名为"书龛"的书室，庋藏万卷。著有《尚书集》《书龛集》，另有《劝孝曲》三十二阕。年七十四卒。

三是倪源曾藏书楼混碧草堂。清初，倪源曾在西塘镇王家角筑混碧草堂，收藏古书千余卷，多为经部书籍。

最后，我们再罗列一下其他的藏书人家吧。因为在故旧的书堆里只写明了其姓名，却没有写明其居所在何处。

一是张雍藏书。张雍，字右文，号欧盟，屡试不第，筑松鳞书屋，广收图书。

二是孙灿藏书。孙灿，原名煌，字象山，号竹香，清乾嘉间人士，少嗜典籍，家有藏书数千卷，纂有《六经天文奥义暨学古编》《自省编》。

三是陈汝梅藏书。陈汝梅，字莳松，国子生，生平好藏书，著有《辨贞亮室随笔》。

四是浦镗藏书。浦镗，字金堂，号秋稼。清雍正九年（1731）秀才，廪贡生。所居清建阁藏书，多有善本，著有《清建阁集》。

五是丁维时藏书。丁维时，字孟勤，号左川，晚号块然居士。清乾隆二十二年（1757）南巡，与兄丁伯长献赋，时人称为"双丁"。工书画，精篆刻，家藏图书万卷。著有《拙渔诗存》。

附：民国时期几处著名的私家藏书楼

一是江树菜的舍北草堂藏书。江树菜（1892—1962），字雪塍，号劬庵，又号桐村雪子、越来病叟，西塘人。潜心收藏古籍、书画，藏书四千余册，所藏集部为多，有清初刻本数百册。书斋兼藏书处名为"舍北草堂"。著有《舍北草堂诗》《三两窠斋词》《闻樨馆杂缀》等。

二是胡兆焕的听涛轩藏书。胡兆焕（1880—1955），字梦朱，号蒙子，西塘人。清末民初教育家，南社社员。生平好藏书，藏书两万余册，多佛经及佛学书籍。书斋名"听涛轩"。

三是张天方的奎公楼藏书。张天方（1887—1966），名凤，字天方，以字行，魏塘人。熟经史，嗜古物，精鉴赏，庋藏颇富，藏室名"真不好斋"。藏有五十余块甲骨，著有《甲骨刻辞考异补释》。尤爱收藏乡邦文献，藏书达数万卷，书斋名为"奎公楼"。

四是周梅庵的宜雅楼藏书。周梅庵（1881—1964），名端济，清末秀才。宜雅楼藏书两千余册，以集部、子部居多。

五是江志荣的藏书。天凝镇江志荣家书厅藏书万卷，中多珍本，抗战时期被日寇纵火焚毁，散失殆尽。

从明至清历代，嘉善城乡各地的私家藏书绵延数百年，在传承和弘扬文化的同时，培养和哺育了一代又一代文化精英。

2023年2月23日

西门，西门

　　从东门到西门沿着市河北岸平行的十里长街，原来有十四座桥，民间编了这么两句顺口溜："孙罗日谈小金江，亭鱼费太吊安塘。"

　　孙家桥、罗星桥、日晖桥、谈公桥、小寺桥、金家桥、江家桥，在东城门外的东市大街（中山东路）。亭桥、卖鱼桥、费家桥、太平桥，在城内县前大街（中山路）。吊桥、安桥、跨塘桥，在西市大街（中山西路）。单单从街桥的数量看，就能发现东市大街的繁荣和热闹，是西市大街无法比拟的，肯定也是不可同日而语的。

　　因此，常听到有人问，西门大街除了狭窄拥挤的街巷里弄、破败不堪的老屋旧房，到底还有哪些值得记忆的历史文化？

　　西门，有一座传说数百年的留衣亭。

　　"百年故老遥传说，杨柳荫中卸绿衣。"留衣亭的故事，让汪贵成了嘉善历代亲廉勤政官吏的象征。

　　汪贵，是明成化十九年（1483）来嘉善任知县的。清光绪《嘉善县志》有传略，评说他是"廉洁狷介，爱民如子""人谓析县来清白有惠政，贵为首焉"。所以，当他被诬而逮之时，四乡八邻扶老携幼，数千人之众，拥挤到西门外三里许的西接官亭相送，并拜请汪贵遗留一物为念。汪贵不得已，从身上解下了已经破旧的衣衫留下。

于是，西门就有了一座留衣亭，就有了汪贵勤政爱民的故事流传至今。

西门，有一种安处即家乡的桑梓情怀。

"维桑与梓，必恭敬止。靡瞻匪父，靡依匪母。"这是出自《诗经·小雅·小弁》的诗句，意为：看到父母亲种下的桑树梓树，必须恭恭敬敬站立树前。哪个对父亲不充满尊敬，哪个对母亲不深深依恋！

清道光、咸丰年间因战乱、瘟疫和灾荒，到同治十二年（1873），全县人口由嘉庆三年（1798）的351902人，剧减至96478人，净减255424人。境内"十室九空"。所以，在光绪初年，省府准许浙东客佃来境垦荒，其中宁绍温台籍佃客居多，主要集居在魏塘、大云、大通、洪溪等地。到光绪十三年（1887），全县人口增加为54818户（其中客籍1080户、开垦客民400户）、226572人。

从某种意义上说，清末移民，其实是又一次吴越文化的交流与融合。同时，也让融合与包容的嘉善人文性格和文化底色更加显现。

清末民初，西门坛弄建造了一座宁绍会馆，蔡元培先生应邀多次造访，并题写了"维桑必恭"的匾额，寄寓的就是当年移民来善的宁绍乡亲，将嘉善当作第二故乡的桑梓情怀。人们把位于西门大街最热闹区域的迎秀桥，称为"安桥"。

时至今日，在将宁绍会馆改作校舍的城西小学校园内，还有当年栽种的一株梓树依然枝繁叶茂地生长着。

西门，有一群敢闯敢为的逐梦人。

如果将西门大街从城里到附近乡村的历史梳理一下，就会发现那里有着一群勇于站立潮头、敢于开拓创新的人们。

1952年4月，嘉善县第一个农业生产合作社——孟锦山农业生产合作社在当年的长秀乡成立，开启了嘉善农村社会主义建设征程。

1980年10月，善西公社鑫鑫大队第一生产队在全县率先试行家庭联产承包责任制，拉开了嘉善农村改革开放的序幕。

在西门大街一条名叫龙王堂的弄堂深处，一家由街道办企业转制的民营企业，从20世纪90年代开始，生产的耐磨条产品成功通过国际认证，被列入国家航空航天部国产发动机生产部件目录。龙王堂里飞出了金凤凰，民营企业产品实现了太空逐梦。

西门，有一个有凤来栖的美好愿景。

《庄子·秋水》有云："南方有鸟，其名为鹓鶵，子知之乎？夫鹓鶵发于南海，而飞于北海，非梧桐不止，非练实不食，非醴泉不饮。"鹓鶵，即凤凰，从南海飞去北海，只有在梧桐树上停留。所以便有凤栖梧桐之说。凤凰非梧桐不栖，后世就引申出了贤才择主而恃、女子择良人而从的说辞。

栽下梧桐树，引得凤凰来。西门人曾给西门大街这一块土地，取了一个蕴含有凤来栖之意的美丽名字：凤桐。或许，今天"归谷园"的建设，就是这样一种筑巢引凤的举措。只是，归谷园之名少了些许西门人当年所向往的文雅。

望楼四起夜乌栖，万室炊烟鸡乱啼。

东有罗星台降水，福星庵销市梢西。

这是清代邑人曹竹君写的一首竹枝词，寥寥几句，写尽了魏塘古镇从东到西十里长街傍晚时节的安怡和富足。

相对东门大街，西门大街肯定是要冷清、破败许多。

但是，就今天看来相对冷清、破败的街巷里弄，相对拥挤窄小的老屋旧房，在那转角街口，在那砖缝或瓦砾之间，或许冷不丁地会迸出一个声响，悠远绵长，又美丽动听……

2021年7月12日

石牌泾与大通桥

　　说起石牌泾的来历，就得说到自唐宋以来，一直兴盛至明清两朝的江南陆姓望族，他们历朝历代都有上达天听、下闻百姓的杰出代表。

　　依复旦大学潘光旦先生的说法，明清时期的江南名门，以钱、陆、陈、顾、沈、项等最有影响。

　　江南陆氏家族，追溯其远往往会言及唐之贤相陆宣公。陆贽是唐德宗时期的内相，史称其一生是"上不负天子，下不负所学"，竭忠尽智，挽狂澜于既倒，为后唐中兴的实现奠定了基础。逝世以后，被追谥号为"宣"，后世尊称为"宣公"。何为"宣"，《谥法解》云："圣善周闻曰宣"。

　　作为政治家的陆贽，在唐德宗建中年间任内相，受命于危难之际，起草了大量的诏敕赦令，运筹于帷幄之中，决胜于千里之外。而且，他以诚示人，公正无私，曲尽情理，妥帖周到。因此，被誉为贤相。

　　作为文学家的陆贽，其道德、文章历来为后世所推崇、赞颂。

在苏东坡眼里，陆贽的文章和六经三史及诸子百家的文章一样，都是"聚古今之精英，实治乱之龟鉴"，推崇备至，无以复加。

梳理明清时期江南陆氏，无法绕过一个叫石牌泾的地方。需要说明的是，石牌泾既是地名，又是河道名。其名称的由来，源自明代正统年间皇上敕建的尚义坊。

清光绪《平湖县志·人物》云："明有敕旌尚义之例，邑陆宗秀输谷赈饥，诏书褒美，闾里荣之。"作为陆贽之后的陆宗秀，是自其父辈从广陈迁居到石牌泾的。

因祖上无论是在唐代，还是在宋代，一直有在朝为官的显赫人物，如晚唐迁居广陈官至南郡节度使的庆国公陆组、宋枢密院副使陆逢休等。所以，到陆宗秀这辈，依然读书好礼，"有至行"。明永乐二十二年（1424），新近登基的仁宗招揽天下贤良人士，陆宗秀与陈继儒等23人应征至京。在便殿见仁宗时，陆宗秀方巾布袍，让仁宗很感诧异。唤至屏风之前，问："如何则天下太平？"陆宗秀顿首对曰："皇帝亲贤纳善，大臣秉公持正，天下自然太平。"仁宗大悦，说"好言语"。但陆宗秀没有留京为官，只在京城留住了一个多月后，以有病为由辞别还乡。"赐宝钞、银币还。"由此看来，仁宗真的是挺器重陆宗秀的。

宣德五年（1430），平湖、嘉善同时建置。

正统五年，两县建置十年以后的公元1440年，是英宗在位。是年，"岁大祲"。《浙江灾异简志》载："正统五年，六月至七月，金华、衢州淫雨连绵，江河泛滥；丽水大水；嘉兴、湖州大水；八月，潮决萧山海塘。"因此，陆宗秀捐出了两千九百多石的粟麦赈灾。英宗皇帝听闻此事后，赐敕书褒奖，表其门曰"尚义"。

在清光绪《平湖县志》"坊表"栏中是这样介绍尚义坊的："正统壬戌,为义民陆宗秀立,石牌泾。"

其实,当年和陆宗秀一起捐粮赈灾的还有一批乡绅,而且也得到了皇上的褒奖,被旌为义民。也就是说,尚义成风,而陆宗秀只是这群义民的代表人物。所以,县志中会有这样一段关于"尚义"的按语："其后好善乐施,代有其人,因择其义举有益乡党者,标为尚义门而以义友、义士并列其中,寓激劝微意。"

石牌泾因敕建尚义坊而名,作为自然状态的一条河流,原来的名称就不再有人记起,也无从考证。连着把那个地方也叫成了石牌泾,便是天经地义的事了。

在这个意义上,可以将陆宗秀尊为江南陆氏石泾尚义支之祖。在陆宗秀的直系后辈之中,志载先后共有16位进士、7位举人,是陆氏各宗支中最为兴盛的。

其中,明嘉靖二十六年(1547)的进士陆光祖,官礼部主事、工部右侍郎、南吏部尚书。万历二十五年(1597)卒,寿七十七岁,赠太子太保,谥号"庄简"。

被誉为清朝"天下第一清廉"和"理学儒臣第一"的陆陇其,字稼书,清康熙九年(1670)进士,先后被授职嘉定知县、灵寿知县,并担任过四川道监察御史。

陆陇其在职为官的十余年,勤政爱民,刚直廉洁,深得百姓爱戴。归居以后,利用自家的祠堂"三鱼堂",创办了"尔安书院",专心著书讲学,开创了清代儒学的一个重要学派:三鲁学派。陆陇其也就成了一代理学大家。

陆陇其的学术根本是南宋理学大家朱熹的学说,以"居敬穷理"为首要。所谓"居敬"，就是要立身庄重而处事简约。所谓"穷理"，则是探究万物奥妙深邃之理。陆陇其的学说，被后世学者称为清代唯一的"程朱之统"。

三鲁学派的"三鲁"两字，取自陆陇其的书斋名，内含"三鱼"，又以"鲁"字喻山东孔圣人之地。

"世上几百年旧家无非积德，天下第一等好事只是读书。"

这是陆陇其撰写的楹联。一个家族，在世间能沿袭数百年而不败落，所依靠的无非就是积德行善。一个人，在人世间要做的第一等好事，归根到底还是读圣贤书、明天下理。积德行善，读书易理，既是励志之言，又是立家之本，诠释了千百年来江南民间耕读传家的治家信条，张扬着千百年来江南民众尚义崇德的人文精神。

陆氏家族到了陆陇其生活的年代，早已经从石牌泾往东移居了，先移旧埭，后移新埭，再至当湖。

石溪桥畔树青青，水满横塘月满汀。

两岸柳丝牵不住，轻舟已过石牌泾。

这是清光绪年间俞金鼎《泖水乡歌》中唯一一首写到石牌泾的诗，很直白，也相当切合陆氏家族几百年的变迁兴衰。

陆氏家族的尚义之举，影响了江南几百年之久的尚义坊，留存了永不磨灭的一个地名——那就是石牌泾。

2021年12月7日

干窑，窑文化与非遗

干窑，是嘉善唯一一个以产业命名的古镇

说到干窑，一定要说砖瓦窑业。

从前，有一首童谣这样唱："嘉善大钻大锯子，干窑大包子，乡下旋旋子。"大钻指泗洲塔，大锯子是城墙，大包子是土窑墩，旋旋子是乡间田野里的水风车。

干窑窑业始于何时，已无从查考。明万历《嘉善县志》卷五"物产"载有"砖瓦"一目，云："出张泾汇者曰东窑，出干家窑者曰北窑。东窑土高，窑大火足，故坚实可用。北窑地卑，取土他所，又窑小焖熟者，故脆而易坏。"

可见当时县境之内窑业分东、北两处，且张泾汇一带的窑业更为发达。

清代中期，淞沪新辟商埠，因战乱祸及，各地商贾巨富、官僚士绅多避居苏、杭、沪等地，营建日繁，砖瓦需量日增。张泾汇一带窑业经咸丰十年（1860）的战乱，窑户四散逃难，又因河道狭窄，日

见其衰；而窑业"获利较厚"，故窑户竞相在干窑一带发展。清光绪《嘉善县志》有云："砖瓦出干窑镇，近时洪家滩、清凉庵、界泾港均有。"

干窑窑业是在清朝后期、民国时期趋于繁荣。民国五年（1916），干窑出现首家平瓦厂，到民国三十六年（1947）时发展到42家，职工994人，全年动烧窑墩数以百计。1949年后，干窑窑业的发展和其他行业一样，逐步走上了集体、国营之路。1952年，建国营砖瓦厂，到1957年私营窑业均经合营而过渡为国营、集体企业，当年动烧窑墩170座。1988年统计，干窑有隧道窑2座（81米、75米）、轮窑1座（24门）、串窑3座（8只）、土窑14只，窑工共1163人。

海盐《武原干氏宗枝始末考》载：晋人干宝家族"至三十一世秀一之孙寰均为明太祖御营掌马监，后护跸迁都，封世袭腾骧尉、都尉，居北京；秀二在梅园……秀三一支在半逻，又有在嘉兴今之北干桥一带及干沈村与干窑村是也；秀四一支仍在甪里堰北，今之朱王庙族居是也"。另外，在《续修干氏宗谱》〔该谱始修于唐贞观二十二年（648）前，续修于清康熙三十六年（1697）〕中也记载有干宝家族"至三十一世"，在海盐半路（半逻）的一支，曾迁居在现今的干窑一带。

干氏家族明朝前期在北环桥一带"业陶"，慢慢集聚而有干沈村、干窑村，并渐次汇成市镇，称干家窑镇。

干窑，独具窑文化个性特色的嘉善非遗重镇

窑文化，是干窑传统文化的特色与个性。所以，在干窑的文化

遗产无论是物质属性的，还是非物质属性的，都与窑业相关。

在《嘉善县非物质文化遗产名录》中，罗列着属地为干窑的项目共11项。其中，同为省、市、县级项目的，是京砖烧制技艺，那是被列为省级"双遗"的沈家窑传承项目，传承人是沈步云、沈刚父子。另外，与砖瓦生产相关的还有同为市、县级项目的瓦当制作技艺，县级项目小瓦制艺和微型瓦雕。

历史上，干窑出产的砖瓦品种繁多、花式新颖。仅普通砖瓦就各有十多个品种，如花砖、方砖、海墁、夹尺四、料半方、斜沟瓦、大反水、大印进等等。还有几十种花式砖瓦，适于古式亭、台、殿、阁等建筑使用。产品除供应本地外，还远销京、鲁、云、贵、川、陕等地。而且，在生产过程中，还汇集了众多的劳动技艺、生产方法、风尚习俗和生活方式，以及民间谚语、传说。所以，砖瓦生产的整个过程、窑业发展的全部历史，就是一座历史文化的宝库，需要我们不断去挖掘、发现和研究。

干窑，以窑文化的个性特色，应该可以成为嘉善的非遗重镇。

干窑，留住窑乡的文化记忆任重道远

传统的青砖黛瓦有一个相当有历史感的名称，叫秦砖汉瓦。

作为已经被使用了两千多年的建筑材料，它在当下已成绝唱。但是，漫长的砖瓦窑业历史，为我们遗留下了众多的传统技艺和生产习俗，在今天我们称其为"窑文化"。

干窑，是江南著名窑乡。我们可以找寻到的窑业历史发端，是在宋元时期。而真正以砖瓦生产为主并呈现繁荣之景象，或许要在清朝后期的上海开埠以后。据清光绪十六年（1890）3月3日《申报》载："浙江嘉善境砖瓦等窑有一千余处，每当三四月间旺销之际，自浙境入松江府属之黄浦，或往浦东，或往上海，每日总有五六十船，其借此以谋生者，不下十数万人。"民国二十五年（1936）统计，全县有窑墩785座，分布在下甸庙、上甸庙、洪家滩、天凝庄、范泾、界泾港、地甸、清凉庵等地。抗战胜利后，窑业又兴，全县窑墩增至827座，形成了干窑（156座）、下甸庙（124座）、天凝（121座）、洪溪（245座）、玉河（83座）、范泾（65座）、清凉（33座）七大窑区。

砖瓦窑业在明清时期，是嘉善经济除粮食生产外的第二大产业。民国以后，砖窑生产又是嘉善现代工业经济发展的基础产业。

随着现代化建设步伐的不断加快，传统窑业的遗存日渐消逝。窑文化，已经成为文化遗产。发掘、研究和传承窑文化，就是我们的历史责任。或许，这就是我们要开展文化遗产日活动的意义和价值。

从目前我们已有的非遗项目的数量与内涵看，干窑留住窑乡文化记忆、传承窑文化确实是任重又道远。

那么，就让我们继续努力吧！

2022年6月9日

陆陇其和他的《治嘉格言》

陆家与石牌泾

名满江南的陆氏家族始祖,可一直追溯到春秋齐宣王少子通（字季达,谥元侯）。因受封于齐之平原般县原陆乡（今山东陵县一带）,故姓陆。

西汉时,六世烈（字伯元）任吴县令,卒葬吴县胥屏峰。陆烈,当为江南陆氏之宗。

江南陆氏家族在随后的千百年中,历数十近百代,开枝散叶,遍布江南各地,而且风流人物辈出。有东吴宰相陆逊和他的两个孙子,西晋文学家陆机、陆云。唐中兴宰相陆贽、著名诗人陆龟蒙、茶圣陆羽。到明清时期,江南陆家被复旦大学潘光旦先生与钱、陈、顾、项、沈并称为最有影响的江南六大家族。

按世系排列,陆贽为四十世。至宋亡后,陆氏在江南支系繁多,其中在石牌泾的尚义支人口最旺,而且入仕者也最盛:淞、杰、呆、梦韩、光祖、光祚、锡恩、锡明、鋈、澄原、灿、稼书、嗣渊、灿（武）、殿奎（武）俱进士，镜、斐、集、光裕、光宅、磐、邦燮俱举人。

尚义支之祖为陆宗秀。江南陆氏到陆宗秀应该是六十世，生活在明永乐、洪熙、宣德、正统年间。在清光绪《平湖县志》卷十八"人物"中，专列有"尚义"人物传，且开宗明义曰：

尚义按：明有敕旌尚义之例，邑陆宗秀输谷赈饥，诏书褒美，闾里荣之。其后好善乐施，代有其人，因择其义举之有益乡党者，标为尚义门而以义友、义士并列其中，寓激劝微意。

明清两代被列传的尚义人物共38人，陆氏有9人。其中陆宗秀、陆圭父子俩在列。

在陆宗秀的传中，说了两件事，都是无限荣光的。

1. 应诏进京晋见明仁宗。明仁宗在位就一年，洪熙元年（1425），皇上新御极，广召贤良，在皇宫便殿召见天下才俊23人，见陆宗秀方巾布袍，甚异，命至屏风前问："如何则天下太平？"宗秀顿首答："皇帝亲贤纳善，大臣秉公持正，自然太平。"上悦曰："好言语。"陆宗秀在京师月余，以疾辞，赐宝钞、银币还。

2. 输谷赈饥赐敕"尚义"。明英宗正统五年（1440），大水灾，淫雨加海侵，江河泛滥，庄稼绝收。陆宗秀出粟麦两千九百余石助赈。事闻，赐敕书褒美，表其门曰"尚义"。正统七年（1442），立尚义坊。从此，便有了石牌泾之称谓。

石牌泾陆家，从明至清，在石牌泾，在泖口，在当湖，历代人物辈出，入仕为官者众。陆杲，明嘉靖二十年（1541）进士，官刑部云南司主事，累赠刑部尚书。陆光祖，陆杲长子，嘉靖二十六年（1547）进士，官礼部主事，工部右侍郎，南吏部尚书，赠太子太保，谥"庄简"。

陆陇其其人

说石牌泾陆氏家族，必须说到"三鱼堂"。

陆宗秀有四子，长子叫陆珏。建造"三鱼堂"的陆溥，便是陆珏的长孙，凭世代的资望被授华亭县丞，后调任江西丰城。陆光祖《三鱼堂记》云：

从伯祖静庵公丞丰城时，领漕兑，渡鄱阳湖，夜半舟忽漏。公祷之，俄而漏止。天明启视，有三鱼裹水草塞漏处。丰城人异而歌之。公既谢官归，治堂尚义坊后，题曰"三鱼"，志前事也。后子孙移家西泖上，堂改为祠。

陆溥初筑堂于石牌泾尚义坊后，其子孙东迁于泖口，于东湖，所筑祠堂都名之为"三鱼"。

被誉为"天下第一清廉"和"理学儒臣第一"的陆陇其，是陆溥的六世孙，字稼书，清康熙九年（1670）进士，时年四十一岁。

陆氏家族到了陆陇其生活的年代，早已经从石牌泾往东移居了，先旧埭，后新埭，再当湖。无论是在新埭泖口，还是在当湖之畔，陆家的祠堂始终以"三鱼"命名。陆陇其一生的著述，多名之为"三鱼"。比如《三鱼堂文集》《三鱼堂剩言》《三鱼堂日记》等。

陆陇其出仕为官是在考中进士后五年，先后被授职嘉定知县、灵寿知县，并担任过四川道监察御史。在职为官的十余年时间里，陆陇其勤政爱民，刚直廉洁，深得百姓爱戴。

在志书的传记里，对陆陇其在嘉定知县任上专心于铲豪强、抑胥吏、禁侈靡，改变了社会民风，却因过分清廉而得罪了上司，被诬以"讳盗"之名被罢职一事，有详尽记录。说是张、汪两家因矛盾冲突而提起诉讼。某夜，汪于归途遇盗被刺，谓其弟曰：张遣杀我。其弟遂控以仇杀。陆陇其认为两家虽有矛盾却无仇杀之理，经查张也确非杀人者。所以，是盗、是仇未敢定夺上报。不久，捕获盗贼七人。于是，便有了"讳盗"之罪。众人劝陆陇其申辩，陆曰："邑有盗，长吏固宜有罪，且夜半杀人于路，果仇亦盗也，而我不能断，议黜不枉奚辨为？"

陆陇其被罢黜离任之日，嘉定县九乡二十都民众夜半群呼入邑，填满街衢，哭声震天地，及入邸舍，男妇万余环泣，不去者终夜。日后，四郊八乡都建了生祠，以纪念这位陆知县。

被罢黜的陆陇其归乡，所带的行李除了书卷几许以外，就只有妻子的织具而已。故有民谣唱道："陆公归舟何所装，图书数卷机一张。"

不过，在民间传说中，还有一个十八只箱子的故事，即使是杜撰的，却也相当有意思。说是陆陇其归乡时带回了十八只箱子，里面装满了他在嘉定知县三年任上搜刮的金银财宝。皇上派了钦差大臣来到泖口三鱼堂查实，打开一看，里面竟然全是石子瓦砾。原来陆陇其一是用其来压舱抗风浪，二是为顾及皇恩与官场面子充当财宝。其实，陆陇其的十八只箱子里面，装满的是一代清官的情怀与忠诚。

康熙三十年（1691），先后在河北灵寿知县任职七年、四川道御史任职一年后，陆陇其再次被罢官解职归田。这一次，是与九卿议政不合，被部议革职。皇上知其心底无私，特别宽宥了他。是年冬，陆陇其真的回到了泖口老家。

陆陇其归居以后，利用自家的祠堂三鱼堂，创办了"尔安书院"，专心著书讲学，一时四方儒子学者群聚，开创了清代儒学的一个重要学派：三鲁学派。陆陇其，也成了一代理学大家。

陆陇其的学术根本是南宋理学大家朱熹的学说，以"居敬穷理"为首要。所谓"居敬"，就是要立身庄重而处事简约。《论语·雍也》曰："居敬而行简。"所谓"穷理"，则是探究万物奥妙深邃之理。《周易·说卦》云："穷理尽性，以至于命。"

陆陇其虽出仕为官十多年，却清贫如洗。据说尔安书院大门朽坏了，都无钱修装，就用了一只破旧的蚕匾当门。而陆陇其竟然也能教学授课，著书立说，并且还心安理得。

如此的清廉操守，让康熙皇帝都感动莫名，说要封给他田地财物，陆陇其却说："家中有祖上积攒的数亩薄田，足以自食。唯老母嗜爱行善，但求赐予一个放生池就可以了。"康熙大笔一挥，将东西南北四个湖赐给了陆家。东西南北四湖是指平湖的东湖、杭州的西湖、嘉兴的南湖和灵寿的北湖。当然，这只是一个民间的传说故事。不过，平湖的东湖，别名"当湖"，确实是因为有了陆陇其而熠熠生辉的。

康熙三十一年（1692），也就是创立尔安书院的第二年，陆陇其病逝。旧历十月十八日,是陆陇其的生辰。平湖的乡绅每年都会以隆重仪式致祭。乾隆八年(1743),时任知县倡议在城东南建造了陆清献公祠和三鱼堂。十五年(1750),崇文书院迁建在陆清献公祠后面,改建为当湖书院。

陆陇其被誉为"天下第一清廉"和"理学儒臣第一",以其品格与学识,于雍正二年从祀孔庙,是对其一生嘉言懿行的肯分肯定和褒扬。孔庙大成殿奉祀至圣孔子,两旁配祀复圣颜子、宗圣曾子、述圣子思子、亚圣孟子,然后再祀十二哲人:闵损、冉耕、冉雍、宰予、端木赐、冉求、仲由、言偃、卜商、颛孙师、有若、朱熹。大成殿东西两庑供奉有156名明道修德的先贤和传经授业的大儒,其中,清代列祀共10人,陆陇其是清代从祀的第一位大儒,牌位列于东庑南部。

陆陇其的《治嘉格言》

《陆清献公治嘉格言》简称《治嘉格言》,是陆陇其担任嘉定知县期间为教化民众而写的一部家训作品,内容广泛,上自教孝、教悌诸大端与婚嫁宾祭,下至饮食服御等琐事,"人生日用之所必资者",均在书中有所体现,主要涉及问学求知、敦品励行、敬老睦邻、守勤养俭等。

《治嘉格言》中的礼仪思想主要体现在孝悌、尊重、节制、仁爱等四个方面:

一、孝悌

孝悌是中华传统美德。

《治嘉格言》中的孝悌思想主要体现在孝亲敬长、亲睦三族，慈爱率先、教孝教悌，兄弟亲爱、同心土金，孝子爱日、逢忌举祀等方面。

1. 孝亲敬长、亲睦三族

孝是人的天性。

《孝亲敬长》："孩提之童，无不知爱其亲也。及其长也，无不知敬其兄也。""不知爱亲敬长，不孝不悌，非人也。"

《人所以异》："非禽非兽，当孝当悌。不孝不悌，禽兽何异？"

《真孝真悌》："父慈而后子孝，兄友而后弟恭，此是常事，固不足道。倘父不慈而子自孝，默有以感动父之慈，斯为真孝。兄不友而弟自悌，默有以感动兄之友，斯为真悌。"

另有《真孝子方许烧香》《真悌方许施布》。

2. 慈爱率先、教孝教悌

陆陇其认为孝悌是人的天性，慈爱也是出自人的天性。

《勉兄爱弟》："天下断无不爱子之父，宜亦无不爱弟之兄。"

《慈爱率先》："人皆责子之孝，责弟之悌。吾独责父之先慈，责兄之先友。故子或不孝，父不可不慈；弟或不悌，兄不可不友。盖父兄为子弟主，岂可不立子弟之榜样，徒责子弟之孝悌哉？"

3. 兄弟亲爱、同心土金

父慈子孝、兄友弟恭是儒家理想中的家庭伦理关系。

《同心土金》："父子天性，呼吸痛痒相关者也。曾是呼吸痛痒相关者，而可一日不在左右哉？故子虽婚娶成人，决当同居共饮。"

《子尽子职》："一父母所生兄弟，凡遇公事皆当协力同心。内而养生送死，外而吉凶庆吊，固必均任。倘或贫富不同、贤愚不等，即一力承充,不必分派兄弟以伤和气。"

4. 孝子爱日、逢忌举祀

父母在时,定当勉力奉养,死后哀荣怎及生前受惠。

《孝子爱日》:"人子于父母在时不思勉力奉养,及至殁后,虽享祀丰洁,一陌纸钱值几文,一滴何曾到九泉耶?况又有一陌不烧、一滴不灌者也。"

二、**尊重**

孟子说:"恭敬之心,礼也。"礼就是对他人的恭敬和尊重。

《亲贤远奸》:"敬重孝友端人。敬重实有情义正人。敬重真心实意正人。敬重读书君子。若游荡无信、骄傲刻薄、合赌、弄牌、扛醵者勿近。"

《治嘉格言》中的尊重思想主要体现在尊师重傅、待师从厚、卑勿议尊、敬老爱幼,读书遵注、字写法帖,自重取重、切勿失足等方面。

1. 尊师重傅、待师从厚

《教子无欲速》篇中指出:"易子而教,安得不讲'尊师重傅'四字。"

2. 卑勿议尊、敬老爱幼

严格恪守尊卑观念,倡导卑者尊重尊者,要求"卑勿议尊",要"敬老慈幼",见扶杖老人须真心敬重,见孩提有志气者须加意爱护。还要"嘉善而矜不能",见肯读书儒童须加意劝奖。见初学作文须短中求长,圈出好处,加意鼓舞,使其有兴。

3. 自重取重、切勿失足

读书人除了尊重可敬之人,还要做到自重。

《切勿失足衙门》："子弟以读书为主。若不然，吾亦不能代汝谋矣。切不可误入衙门，坏心术，舞文法，系囹圄，受刑辱，惊妻累子，玷祖辱宗。"

三、节制

节制也是中华传统美德。节制与知人、知己有关。人往往明于识人，而暗于察己，缺乏自知之明。但是，人一旦知己之不足，就能宽恕他人之不足，做到知人、知己拥有节制美德。

《治嘉格言》中的节制思想主要体现为慎言和节欲。

1. 慎言

言为心声，知人、知己、知人定当慎言。陆陇其的慎言思想分为戒、谨、勿三个层面。

戒：慎言的第一个层面。要严格遵守做人、说话的底线，如"戒谈闺闱"（人刻薄，喜谈淫乱，造言生事，妄议人闺闱，供其戏校。一概勿听、勿信、勿传、勿述）、"戒刺戒谑"（语言切勿刺人骨髓，戏谑切勿中人心病。又不可攻发人之阴私）等。"戒谈闺闱"不是因为厚道，而是因为"经目之事犹恐未真"，按照常理应当如此。"戒刺戒谑"是因为言语太过刻薄、刺虐，必当使人怀恨在心，若逞一时口快，最终必受伤害。出言定自持重，理直不出恶声。

谨：慎言的第二个层面。要努力做到"称述得情"，"凡述人言语必照其前后次第一一顺说，断不可颠倒其字而失其意旨。尤不可揣摩其言添出话头，致错怪了人。"还要深通为人处世之道，注意场合、随机应变，当说才能说、不当说必不能说。花无百日红，人无千日好。虽当相知极密时，语极要谨慎。

勿：慎言的第三个层面。戒是底线，谨是原则。但人不能总是踏着底线、原则说话做事，所以还得有一些规矩。"勿向人称能"，"人纵十分能事，犹当谦让未惶，况吾涉历未几，尚不更事，尤宜养辩于讷、藏锋于钝"。

2. 节欲

分节制物质之欲、节制精神之欲和从心所欲不逾矩等三个层面。

节制物质之欲："男子好闲者必贫，女子好吃者必淫。""勤俭持家，切勿贪吃，切勿生事坏法。""节俭免求人。"

节制精神之欲："男女好乐者必殃。"

从心所欲不逾矩："只消清茶淡饭，便可益寿延年。"

四、仁爱

仁爱是孔子推崇的理想人格。

《治嘉格言》中仁爱思想主要体现为默体其心、阴行善事，材质在入、宽严适宜，体必行善、好义急公等方面。

1. 默体其心、阴行善事

怀仁爱之心，以仁慈博爱之情待人。

《近仁四端》："亲朋有急难须多方救济。儿女有过失须着实切责。家人非大过须佯痴宽恤。租户无好人须刻意宽恕。"

2. 材质在入、宽严适宜

因材施教，启发诱导。待人宽恕，切勿刻薄。

3. 体必行善、好义急公

《体心行善》："亲友贫窘时见吾若难开口，或于冰冻十二月见其衣单，不妨脱一件与之。或于青黄不接时见其食贫，不妨携升斗周之。""为善不求人知，求知非真为善。受谤不急自解，无辩可以止谤。"

"世上几百年旧家无非积德，天下第一等好事只是读书。"

《治嘉格言》是一部集中体现陆陇其传统礼仪思想的家训著作。其忠义诚孝、耕读礼道的思想，不仅具有深刻的历史影响，也是当下批判继承传统文化，大力发扬优秀文化传统的价值所在。

梁启超先生是这样评价陆陇其的："人格极高洁，践履极笃实。"陆陇其的品格让我们高山仰止，陆陇其的家训家风值得我们追随、传承和弘扬。

2021年3月20日

三副对联的阅读感悟

第一副对联，看官宦阶层的忠与廉

"一粒悉属民膏，观千仓万箱，当惜辛勤物力；五斗漫叨国俸，念三农九府，敢谕清白臣心。"

这是清康熙十年（1671）重建便民仓时，知县莫大勋在厅柱上刻下的对联。细细读来，上联可见其爱惜之情，下联能悟其忠廉之心。

明清两代，在嘉善的历任官吏，或者是嘉善籍在外为官的人物，拥有着一种共性的品格，那就是忠诚与廉洁。

莫大勋就是一个忠廉之臣，清康熙八年（1669）任嘉善知县，在职七年，"清丈田地，厘剔赋役，创立官收官兑法，民甚德之"（清人周煌《四贤祠碑记》），所以被乡里敬奉入祠，与喻良（明永乐参议，驻节斜塘治水）、杨继宗（明成化知府，不畏强御，亲民善治）、庞尚鹏（明嘉靖巡抚，锄强助弱）并祀在四贤祠。

明成化十九年（1483）到任嘉善县令的安徽歙县人江贵，大概可以算作是勤政廉洁的代表，县志称其"人谓析县来，清白有惠政，贵为首焉"。

汪贵在任九年，为官清廉，办案公正，抑强扶弱，勤政爱民，且重教尚学，又抚农助桑，所以深得民心。弘治四年（1491）调任他处时，数千百姓扶老携幼，送他至"西接官亭"。于是，这里便留下了流传至今的"留衣亭"传说。

留衣亭，就是人们纪念汪贵这一清廉正直县令的一个标志。

明嘉靖五年（1526）进士，历官武昌知府、右佥都御史、河南巡抚的西塘人陆坬，无论是在京为官，还是被外放任职，一生清贫，一生勤政，而且不与奸臣权贵为伍，坦坦荡荡，被百姓誉为"陆青天"。时有童谣云："陆青天，胜明月。青天无不青，明月有时缺。"

明隆庆五年（1571）进士，官至南京工部尚书，后加太子太保的丁栅人丁宾，居南都（南京）三十年，凡遇旱涝灾害，常请赈济灾民，累计捐银有三万两之多，有"裸捐第一人"之称。

"县门小鼓楼高，来个清官坐勿牢。"这是民间谚语，反映的是历代官场的现实。但是，明清两代，无论是来善做官的，还是去他乡任职的，涌现出许多有作为、有功德的贤明之士，被供奉进了历代修建的乡贤祠、表贤祠、四贤祠、五贤祠、六贤祠等，让人敬仰，千古流传。

清同治七年（1868）来嘉善做县令的天津人陶云升，清廉自守，在县衙公堂手书一联，云："执三尺，须畏三尺；要一钱，不值一钱。"在今天，可以作为对各级机关干部，特别是领导干部的廉政要求。

第二副对联，看氏族世家的德与礼

"世间几百年旧家无非积德，天下第一等好事只是读书。"这是被誉为清朝"天下第一清廉"的陆陇其自撰的府第门联。积德行善，方可传承百代；读书明理，定当家和族兴。

陆陇其是清康熙年间的官场中人，以字稼书传世。

唐宋以降，特别是到明清两代，江南经济持续繁荣，江南人文日趋鼎盛。伴随着教育与科举的发展，这一地区涌现了众多影响深远的名门世家，形成了独具特色的家族文化现象。

从宋至明，嘉善析置建县之前，境内就有四所义塾先后建立，宋陶氏在陶庄建陶氏义塾，元吴森在魏塘建吴氏义塾、戴光远在清风泾建戴氏义塾，明陆坦在汾湖边建陆氏义塾。

陶家义塾的开设，让幼童的琅琅读书之声，成为陶庄这一地方诗书传家的风尚。就陶氏一个家族，在随后的一二十年时间里，走出了两名进士、两名举人。

"元代先兴办学风，倡开义塾瞻贫穷。枫溪科举千年盛，饮水长思掘井翁。"(《义士戴光远》)有资料显示，唐以来，枫泾有进士56人、举人122人。其中，状元3人(唐陆扆，南宋许克昌，清蔡以台)、榜眼1人。

"锦衣玉食少他日，诗书传家多来年。"积德行善，耕读传家，是名门世家的传统，更是世俗社会的风尚。也正因此，才会有项氏一门十进士，吴氏一族多医家。才会有陆氏尚义，陈氏同善，魏氏孝悌，丁氏捐助。才会有夏氏父子抗清不阿，钱氏入清后历两百年而不仕……所谓文化之邦、人才辈出，就是积德以行善，尚礼以传家。

第三副对联，看士农工商的仁与义

"宁药架满尘，愿天下无病。"据说，这是钟尔墉在自家药房大门口挂着的一副对联。那药店叫钟介福，在西塘镇塘东街。

钟尔墉是生活在清末民初的郎中，为了处方与道地药材相配合，专门开设了后来名闻遐迩的钟介福药店。

在药店门口挂上的这副对联，不一定是钟尔墉撰写的。但这样的一副对联，所表达的应该是钟尔墉作为医者的一种仁德之心。

如果以建司设务为集市成镇的标志，那么，魏塘在北宋徽宗政和年间就已设镇，并置有巡检司。魏塘镇作为居民商业聚集地的确立，应该在北宋中期。南宋时期，魏塘镇发展成了江南最典型的农业市镇。

至元代，陶庄、枫泾也置巡检司，并与魏塘一起分设魏塘务、陶庄务、白牛务。由此，便对应了"溪中十八镇，柳溪第一镇"的话语。因为在南宋绍兴年间迁居柳溪的陶氏家族，让陶庄兴盛成为一个商贸繁华的市镇，也对应了民谣中的"收不尽的魏塘纱，买不完枫泾布"。此时的枫泾，俨然已是江南棉纺纱与布的交易中心。

江南水乡的古镇，因桥而交通四方，也因桥而风光八面。对西塘古镇的建筑风貌，有这样一句常常被提及的话语："桥多，弄多，廊棚多。"

说起西塘古镇的桥，一定要说到的是广缘和尚募建卧龙桥的故事。广缘和尚俗姓朱，原来是卧龙桥西塊的一个竹篾匠。位于西塘北栅的卧龙桥，原来是几根木梁上搭几块木板，无石梁，非常简陋。每逢下雨，常有人从桥上滑跌溺水，特别是有孕妇堕河后，一尸两命。所以，朱篾匠出家为僧成为和尚广缘，用十余年募得的三千多两银来造桥。因为广缘和尚的一个善念，带来了四乡八邻共同参与的一个善举，建成了一座写满仁爱、写满义气的石桥。广缘，凭一座石桥的缘分照拂了世间几百年。

与众多古桥相衔接的是水乡特色的街巷弄堂，叫作廊棚。在纵横于西塘古镇区域内的众多河道岸边，都建有廊棚，或高或低，或宽或窄，沿着河，临着街，弯弯曲曲，彼此相连，自成一景。《西塘镇志》中专门记述"廊棚"的文字，是这样写的：

1949年前的街路，多数有廊棚覆盖，使商贾贸易、行人过往无雨淋日晒之忧。廊棚沿河一侧有的还设置靠背长凳，供人歇息。廊棚集中在北栅街、南棚下、朝南埭、椿作埭、塔湾街等商业闹区，也有在里仁街、朝东埭、四方汇等居民区，据不完全统计总长达877米。1949年后，在历次整修街道时，陆续拆除部分危险廊棚。至1990年尚存645米。

作为一种独特的建筑，一种别样的地方文化表达，在今天，我们已将廊棚当作了风景。数百年来，"落雨不湿鞋，照样走人家"的廊棚的存在，诠释和演绎着的更多的应该是商户店家面向公众的那份情愫。廊棚底下，看得到的应该是匆匆而过的那一群赶集的农人，或者是悠悠然沽酒作诗的那一群文人雅士。

江南水乡的古镇，因桥而交通四方，也因桥而风光八面。西塘古镇的桥,是与街弄相接的,是和廊棚相连的。信步廊下,一边是欸乃摇动的小船,一边是商货满架的店铺、油香扑鼻的酒家。

医者仁心,作为郎中的钟尔塘一生求仁得仁。钟介福堂药房以满架之落尘而换天下无疾病,是其仁心的表达。

广缘和尚苦行十年募建石桥,是一种仁爱缘分的书写。

在沿河的街路上都建有的廊棚,让行人过往无雨淋日晒之忧,张扬着的是商贾人家那份浓浓的仁心情义。

2022年7月27日